# POURRIE GÂTÉE

# POURRIE GÂTÉE

*Kate Brian*

*Traduit de l'américain par Odile Carton*

POCKET JEUNESSE

Directeur de collection
Xavier d'Almeida

Titre original :
*Sweet 16*

Loi n° 49-956 du 16 juillet 1949 sur les publications destinées
à la jeunesse : février 2008.

ISBN 978-2-266-16510-5

*Merci à Lynn Weingarten qui comprend toujours tout.*

## Entretien avec Teagan Phillips
## Un anniversaire très spécial en perspective
## Transcription 1

Journaliste : Melissa Bradshaw, rédactrice en chef
*La Sentinelle de Rosewood*

MB : Ici Melissa Bradshaw, pour *La Sentinelle de Rosewood*. Je suis en compagnie de Teagan Phillips, élève de seconde, qui va nous parler de ce qui pourrait être l'une des fêtes les plus géniales de l'année : celle qu'elle organise en l'honneur de ses seize ans. Alors, Teagan, explique-nous pourquoi *La Sentinelle* devrait consacrer un article à ton anniversaire ?

TP *(pause)* : Tu as vraiment besoin que je te l'explique ?

MB : Eh bien, comme tu le sais, le lycée de Rosewood est fréquenté par la crème de la crème et nous avons au moins trois grandes soirées par mois. Qu'est-ce qui rendrait la tienne si spéciale ? Pourquoi devrions-nous couvrir l'événement plutôt que, disons, la fête de remise de diplômes de Donnie Darko ?

TP *(qui s'éclaircit la gorge)* : Eh bien, Missy, sachant que Donald Moskowitz a changé son nom pour celui d'un personnage de film qui passe son temps à discuter avec un lapin taré et sanguinaire[1], tu peux imaginer le genre de soirée qu'il a préparée. La mienne sera tout simplement la plus fabuleuse que le lycée ait jamais connue. Alors, à laquelle préfères-tu aller, Missy ?

MB : *Melissa*... Si j'ai bien compris, tu prétends que ta fête va même surpasser le week-end aux Bahamas organisé par Chad Reilly pour fêter son bac ?

TP : Je t'en prie... Les gens ont parlé de cette fête ringarde pendant quoi, un mois ? Ils se souviendront de la mienne pendant *des années*.

MB : Très intéressant... Et ça fait combien de temps que tu prépares cet incroyable événement ?

TP : Un an.

MB : Et à combien d'autres soirées es-tu allée pendant ce temps ?

TP : Oh ! au moins quinze ! et je peux te dire que mon anniversaire va laisser toutes ces fêtes minables très loin derrière !

1. *Donnie Darko*, film de Richard Kelly avec entre autres Jake Gyllenhaal, Drew Barrymore et Patrick Swayze, mettant en scène un adolescent intelligent mais perturbé qui a pour ami imaginaire un lapin étrange et inquiétant...

# 1

— Madame Natsuiiiiiiiii !

Teagan Phillips était réveillée depuis trente secondes et elle se sentait déjà super énervée. Assise bien droite dans son lit, sa nuisette de soie rose entortillée façon camisole de force autour de son corps taille 36, elle hurla de nouveau :

— Madame Natsui ! Ramenez-vous en vitesse !

Teagan saisit la télécommande de sa télévision à écran plasma et fit défiler les programmes jusqu'à ce qu'elle trouve la chaîne météo. Le présentateur arborait un sourire narquois sous une ridicule petite moustache qui semblait collée de travers.

— Météo catastrophique sur Philadelphie et sa périphérie aujourd'hui, dit-il.

À l'écran apparaissaient en direct des images du centre-ville et de l'autoroute au niveau de la banlieue. Les essuie-glaces des voitures s'agitaient furieusement et des gouttes de pluie s'écrasaient sur l'œil des caméras.

— Nous pourrions bien assister à un record de précipitations, avec, en fin de journée, des orages qui se prolongeront jusque dans la nuit. Si vous habitez dans l'est de la Pennsylvanie ou au sud du New Jersey, vous allez pouvoir sortir vos parapluies et vos bottes en caoutchouc. Ça va mouiller!

Teagan gémit et éteignit la télévision. Elle s'effondra sur sa couverture en cachemire. Son regard traversa l'immense chambre jusqu'à la baie vitrée qui donnait sur le jardin et la piscine. Le ciel était si noir qu'il aurait pu être neuf heures du soir et non neuf heures du matin. Une pluie battante ravageait les plantes dans les jardinières. Cela aurait dû être une magnifique journée de printemps. Les fenêtres ouvertes auraient laissé entrer le gazouillis des oiseaux et une brise légère, qui aurait joué avec les rideaux autour de son lit. Tout aurait dû être parfait.

— Madame Nat-su-iiiiiiiiiiiiiiii!

— Bonjour, mademoiselle Teagan, chantonna la gouvernante.

Elle trottina dans la chambre vêtue de son uniforme noir guindé et de ses affreuses tennis. Son tablier blanc n'était pas très net, ses cheveux grisonnants étaient tirés en arrière sur sa nuque et elle portait d'horribles lunettes à monture rouge retenues autour du cou par une chaîne. Malgré son look austère, elle souriait largement, un bouquet de ballons multicolores à la main.

— Joyeux anniversaire!

— Ouais, c'est ça, dit Teagan en rabattant ses précieux draps en coton d'Égypte et en glissant ses pieds dans des pantoufles en peau de mouton. Comment se fait-il que vous ne m'ayez pas dit qu'il allait pleuvoir aujourd'hui?

Elle se traîna jusqu'à la fenêtre en tirant sur sa nuisette tire-bouchonnée et écarta les voilages. Dehors, la pelouse verdoyante était parsemée de flaques boueuses, les arbres ployaient sous les rafales et d'énormes gouttes trouaient la surface de la piscine couverte de pétales blancs arrachés aux arbres en fleurs voisins. Tous les fauteuils avaient été rentrés, ce qui prouvait bien que le jardinier était au courant de l'averse depuis un certain temps déjà. Quelqu'un aurait pu la prévenir. C'était leur boulot, non?

— Je suis désolée, Mademoiselle, dit Mme Natsui. Mais peu importe le temps! Vous avez seize ans aujourd'hui!

*Seize ans bien trempés*, pensa Teagan en imaginant les stupides jeux de mots que ses amis allaient lui servir. Inimaginable! Le jour le plus important de sa vie, le jour tellement attendu...

Aujourd'hui, elle devait donner la soirée qui ferait oublier toutes les autres, y compris la fête tahitienne minable de Shari Marx, avec ses prétendues «grillades exotiques», ses verres en plastique pathétiques et autres «aloha» bidons. Elle avait passé des semaines à prévoir les moindres détails, faisant couler à flots l'argent de son père pour que tout soit parfait. Plus de deux cents personnes avaient répondu, le gratin des banlieues chic de Philadelphie. Aujourd'hui, Teagan Phillips allait prouver au monde entier qu'elle était la fille la plus stylée, la plus riche et la plus courtisée d'Upper Sheridan en Pennsylvanie.

Ou en tout cas celle qui savait dépenser le plus d'argent…

Mais comment recevoir pour un cocktail élégant dans le patio du country club si le patio en question ressemblait à une piscine ?

— Regardez donc ce que votre école vous a envoyé !

Mme Natsui tira les ballons jusqu'à la fenêtre. Teagan arracha la carte glissée parmi les rubans et la parcourut rapidement. *Joyeux anniversaire à l'une de nos plus fabuleuses élèves ! Meilleurs vœux de la part des professeurs et du personnel de l'école Rosemary.*

Teagan regarda les ballons. Quand elle était petite, c'était ce qu'elle préférait dans les fêtes d'anniversaire. Sa mère en commandait toujours tant qu'ils couvraient tout le plafond. Chacun était attaché avec un ruban assez long pour que les enfants puissent l'attraper et l'enrouler autour de leurs doigts. Teagan adorait la façon dont les rubans s'entortillaient et chatouillaient ses joues quand elle passait dessous.

À ce souvenir, elle sentit une grosse boule de chagrin lui nouer la gorge. Elle lâcha les ballons qui montèrent jusqu'au plafond où ils se prirent dans les pales du ventilateur qui ronronnait.

— Tout ce qu'ils veulent, c'est un bon gros chèque de soutien, dit-elle, retournant à sa contemplation du déluge tandis que Mme Natsui se précipitait sur l'interrupteur pour arrêter le ventilateur.

On entendit un couinement inquiétant, suivi d'un grésillement, puis plus rien. Quelques ballons éclatèrent, coincés entre les pales et le plafond de stuc.

Agacée, Teagan concentra son attention sur ses cheveux. Zut ! Exactement ce qu'elle redoutait. Elle commençait déjà à ressembler à un caniche. Pourquoi son père ne s'était-il pas installé à Los Angeles ou en Arizona ? N'importe quel endroit aride à des milliers de kilomètres de cet enfer humide. *Michel a intérêt à assurer aujourd'hui*, pensa-t-elle, imaginant déjà l'air catastrophé de son coiffeur devant sa coupe afro. Il allait devoir mériter son pourboire, voilà tout. Pas question que Teagan ressemble à un Muppet pour sa fête.

— Je vais dire à David de s'occuper de ça, dit Mme Natsui en montrant le méli-mélo au plafond.

— Vous pensez qu'on pourrait attendre que je me

sois préparée pour rameuter tout le monde dans ma chambre ? demanda sèchement Teagan.

Mme Natsui soupira et se mit à faire le lit. Teagan alla s'affaler dans le siège près de la fenêtre. Elle savait qu'il était temps d'aller prendre une douche et de commencer la journée, mais tout ce dont elle avait envie à cet instant précis, c'était de retourner au fond de son lit. Qu'est-ce qu'elle avait fait pour mériter un temps pareil ?

Son estomac gronda et elle mit la main sur son ventre. Que Mme Natsui le remarque lui importait peu ! Elle détestait juste que son corps se rappelle à elle, et particulièrement son estomac. Surtout après l'orgie de M & M's d'hier soir.

Elle savait déjà, en ouvrant le paquet géant, qu'elle le paierait d'une façon ou d'une autre. Mais que faire ? Elle était toute seule, son petit copain, Max Modell, ne l'avait même pas appelée avant de se lancer dans sa tournée des bars, et en plus, comme toujours quand approchait son anniversaire, elle n'arrêtait pas de penser à sa mère. Teagan avait alors fait face comme elle le pouvait : elle s'était calée devant son feuilleton préféré et avait descendu tout le paquet.

Manger les M & M's l'avait détendue. Mais les digérer fut une autre histoire. Elle sentit immédiatement la graisse envahir ses cuisses. N'était-elle pas déjà assez punie ? Est-ce qu'avoir perdu sa mère ne lui faisait pas gagner quelques points de compassion auprès de celui qui était en charge de son karma ? Devait-il vraiment lui envoyer la mousson ? Quelle injustice !

— Vous devriez vous habiller, Mademoiselle », dit Mme Natsui en replaçant de façon experte un tas de coussins à froufrous sur le lit de Teagan. Mlle Karen vous attend en bas.

Teagan eut un soupire agacé et leva les yeux au ciel. C'était le pompon.

— Qu'est-ce qu'elle me veut, celle-là ? demanda Teagan en se dirigeant vers son dressing, ses pantoufles s'enfonçant dans l'épaisse moquette.

— Vous souhaiter un joyeux anniversaire, Mademoiselle, répliqua Mme Natsui.

Tout en ruminant le ton insolent de la gouvernante, Teagan passa en revue ses robes de couturiers, cherchant la tenue idéale pour se rendre au salon de coiffure.

*Pourquoi Karen s'acharne-t-elle à faire amie-amie avec moi ? pensa-t-elle, irritée. Tu as la bague au doigt, félicitations ! Ce n'est plus la peine de faire semblant de m'apprécier.*

Teagan finit par attraper un cachemire Vanessa Bruno – noir pour aller avec son humeur – et son jean favori – celui qui lui faisait des petites fesses et qui lui donnait l'air super mince. Elle ouvrit un de ses nombreux tiroirs à lingerie et en tira un ensemble en dentelle noire La Perla. Dans des dessous précieux et sophistiqués, elle se sentait toujours plus élégante et sûre d'elle-même. Vu la situation, elle avait besoin de toute l'aide possible. Avant de sortir, elle laissa ses doigts courir le long d'une écharpe en soie pendue à un crochet près de la porte – un vieux rituel.

Sur le chemin de sa salle de bains, Teagan attrapa son portable et l'alluma. Immédiatement, le téléphone bipa, indiquant qu'elle avait un message. Elle laissa tomber ses vêtements et consulta son répondeur ; elle sourit pour la première fois de la journée en entendant la voix de Max. « Salut, mademoiselle Jolies-Fesses ! J'appelle juste pour te souhaiter une bonne nuit. Tu me manques déjà. » Teagan pouvait entendre ses copains derrière lui. Son sourire disparut quand elle réalisa qu'il était complètement bourré. Une sirène hurla au loin. « Je t'aime ! »

Teagan secoua la tête avec un sourire pincé. Il avait dû appeler la veille entre deux bars après qu'elle eut éteint son portable. Max et ses copains se vantaient de connaître tous les bon plans de Philadelphie là où personne ne vérifiait leur âge. Ils faisaient cette virée une fois par mois, terminant la nuit chez le frère de Trey Duncan. Max devait être sérieusement paf pour l'appeler après onze heures du soir – son heure limite si elle voulait se réveiller fraîche comme une rose. En plus, il l'avait appelée « Mlle Jolies-Fesses », ce qu'il ne faisait jamais. Max savait qu'elle détestait toute allusion à son énorme derrière. Mais elle lui pardon-

16

nait, vu qu'il lui avait dit qu'il l'aimait. Il ne le disait presque jamais, et encore moins devant ses amis.

Teagan abandonna son téléphone et se glissa sous la douche. Elle aurait adoré faire trempette dans le jacuzzi, histoire de profiter de ses dix jets superpuissants et d'essayer ses nouveaux sels de bain « Humeur Pina Colada », mais elle devait se dépêcher si elle voulait que Michel ait le temps d'exercer sa magie. Elle se regarda dans la glace et fit la grimace. Vu l'étendue des dégâts, elle aurait déjà dû y être depuis une heure.

### Entretien avec Teagan Phillips
### Un anniversaire très spécial en perspective
### Transcription 1 (suite)

**Journaliste :** Melissa Bradshaw, rédactrice en chef
*La Sentinelle de Rosewood*

MB : Combien de personnes sont attendues à cette fabuleuse soirée ?

TP : À peu près trois cents.

MB : Est-ce qu'il y aura beaucoup d'élèves de Rosewood ?

TP : J'ai invité toute ma promo, les premières et terminales, plus quelques garçons de troisième. Je suis sûre que tout le monde viendra. À moins qu'ils ne tiennent à manquer l'événement de l'année...

MB : Des amis qui ne fréquentent pas Rosewood ?

TP *(riant)* : Voyons, Melissa, qui ne va pas à Rosewood et mérite d'être invité ?

MB : Je vois ce que tu veux dire. De la famille ?

TP *(grognement)* : Uniquement mon père et sa fiancée. Et seulement parce que c'est lui qui paie.

# 2

Teagan se figea quand elle aperçut sa future belle-mère attablée dans la cuisine, apparemment absorbée dans la lecture du journal du matin. Ses cheveux blonds ondulés étaient rassemblés en un petit tas sur le haut du crâne et elle portait une longue robe informe, noir et or, striée de rouge comme si un chat sauvage venait de la griffer jusqu'au sang. À l'un de ses poignets bringuebalaient deux bracelets de bois et l'autre s'ornait d'une multitude d'anneaux en or. Quant à ses boucles d'oreilles, elles étaient plus grandes que sa tête. Enfin... plus grandes que ses oreilles en tout cas.

Teagan faillit s'enfuir en courant. Mais la potion protéinée que Mme Natsui lui préparait tous les matins était dans le frigo et, à moins de se faire à l'idée que son estomac allait gronder chez le coiffeur, elle devait la récupérer et la boire avant de partir. Elle entra donc dans la pièce et fonça vers le réfrigérateur.

— Teagan ! s'exclama Karen, les yeux brillant d'excitation. Joyeux anniversaire !

Elle plongea et l'agrippa dans une étreinte désespérée. Les narines de Teagan furent aussitôt assaillies par l'odeur d'un millier de bâtons d'encens et les os aigus de Karen l'agressèrent en divers endroits, lui rappelant combien cette femme était mince. Pourquoi, avec cette parfaite taille de guêpe, portait-elle du XXL ? Quel gâchis !

— Merci, dit Teagan à contrecœur, essayant de respirer. Et : Aïe !

— Oh ! Je suis désolée ! Je suis tellement excitée pour toi, dit Karen en la lâchant.

Dès qu'elle fut libérée, Teagan ouvrit d'un coup sec la porte du réfrigérateur design et attrapa sa tasse. Boire ces mixtures revenait à lécher un pneu de tracteur, mais enfin c'était un petit déjeuner sans glucides, avec très peu de calories, et contenant tout un tas de protéines et de fibres. Ça valait le coup... d'une certaine façon.

— Oh, non ! Tu ne vas pas boire ça ! dit Karen en lui prenant la tasse des mains.

Elle attrapa Teagan par les épaules et l'entraîna vers la salle à manger.

— Regarde ! Je nous ai préparé un petit déjeuner ! Ça te plaît ?

Au même instant, l'estomac de Teagan émit un grognement sourd...

— On dirait que oui ! conclut Karen en riant.

Elle entra dans la pièce d'un pas léger et commença à se servir. Teagan n'en croyait pas ses yeux. Elle n'avait pas vu autant de nourriture chez elle depuis le dernier dîner que son père avait organisé pour un client trois ans plus tôt. Son compteur de calories se mit instantanément en marche. Sur la gigantesque table en bois s'étalait un assortiment hallucinant de pancakes (140 calories chacun), de muffins (myrtille 240, banane 220 et, oh ! mon Dieu ! étaient-ce bien des pépites de chocolat ?), de viandes (35 calories par tranche de bacon, et elle ne voulait même pas penser aux saucisses) et de jus de fruits (bonjour les glucides !). Les chiffres atteignirent rapidement un total astronomique.

— Assieds-toi donc ! dit Karen en lui désignant une chaise.

Teagan voulait crier. Cette femme ne voyait-elle donc pas que Teagan était énorme ? Qu'essayait-elle de faire ? La préparer pour un camp de vacances pour obèses où Teagan passerait l'été pendant qu'elle-même redécorerait tranquillement la maison dans le style « *Maison du monde* rencontre *National Geographic* » qu'elle semblait beaucoup apprécier ?

*Elle n'a pas intérêt à porter cette tenue ce soir*, pensa Teagan en regardant Karen se débattre avec les plis de sa robe. *Est-ce qu'elle se rend compte qu'un photographe du Who's Who sera présent?*

Voyant que Teagan rechignait à la rejoindre, Karen soupira et la regarda avec des yeux de biche.

— Tu devrais essayer de manger un vrai repas. Ton père se fait du souci pour toi.

Teagan haussa les sourcils et s'appuya au chambranle de la porte, les bras croisés. Son sac à main en croco calé sur la hanche.

— Ah oui? Et où est-il au fait?

Ça risquait d'être pas mal.

— Il avait un rendez-vous important avec des promoteurs ce matin, répondit Karen en étalant du beurre – du vrai beurre! – sur un muffin aux myrtilles. Il travaille sur un projet de HLM.

*Absent, comme d'habitude,* pensa Teagan. *Joyeux anniversaire!*

— Mais bien sûr! grinça Teagan. (Elle se glissa derrière la chaise de Karen pour attraper sa tasse, en fit sauter le couvercle et but une gorgée.) Tout ça est très intéressant. Avant de te rencontrer, il construisait des hôtels de luxe et amassait des millions. Aujourd'hui, il fait des maisons pour les sans-abri.

Karen reposa violemment le couteau à beurre. Teagan dissimula un sourire. Sainte Karen allait-elle s'énerver? Peut-être même qu'on pourrait voir une plume tomber de ses ailes d'ange...

— Ton père est arrivé à un moment de sa vie où il

peut se permettre de reconsidérer ses priorités, expliqua patiemment Karen. Il a eu de la chance dans ses affaires et il a décidé en retour d'aider les autres. Je pensais que tu serais fière de lui.

— Bien sûr que je suis fière de lui !

Teagan aurait pu apprécier les bonnes œuvres de son père s'il s'y était consacré lorsque sa mère le lui avait suggéré, des années plus tôt. Ou bien s'il avait fondé une association à sa mémoire. Mais non. Il avait continué de s'enrichir, satisfaisant les «besoins» des touristes les plus riches, enchaînant les voyages d'affaires et laissant Teagan seule, même pendant les vacances. Jamais il n'avait envisagé de travailler moins ou sur des projets plus modestes... jusqu'à ce que Karen apparaisse, avec ses belles idées philanthropiques. Et son cher papa s'était transformé en M. Je-Sauve-le-Monde... Bof...

— Il a laissé quelque chose pour toi, dit Karen en pointant de son couteau le bout de la table.

Malgré son chagrin, le cœur de Teagan fit des bonds quand elle aperçut la petite boîte rouge et brillante posée près d'un tas d'enveloppes colorées. Elle réfréna immédiatement son excitation. Quel que soit le cadeau, son père avait, comme d'habitude, envoyé son assistant, Kevin, le choisir. Et même si Kevin avait des goûts exquis, ouvrir ses cadeaux lui laissait toujours un arrière-goût... plutôt amer.

Teagan attrapa le paquet et le fourra dans son sac

sans un mot. Elle vit Karen détourner les yeux, visiblement embarrassée, et elle fut contente que sa «belle-machin» l'ait remarqué. Elle pouvait bien le raconter à son père, de toute façon il n'en aurait rien à faire.

En haut de la pile de lettres, Teagan repéra une enveloppe orange sur laquelle elle reconnut l'écriture. Elle l'ouvrit. Elle contenait une carte très kitsch en forme de seize. Son amie Emily avait écrit : *Joyeux seize ans, jumelle ! J'espère que tu t'es prévu une super-journée. Mange des Pringles et bois du jus d'orange à ma santé ! Ton amie pour toujours, Emily.*

Teagan sourit en se rappelant le fameux jour des Pringles-jus d'orange.

Elles avaient à peu près huit ans, après une dure journée d'école et une séance de jeu au parc, elles étaient rentrées chez Emily et avaient trouvé la maison sombre et silencieuse. Sa mère avait laissé un message disant qu'elle restait travailler plus tard que prévu à l'hôpital et qu'elle serait de retour pour le dîner. Affamées après tant de tours de balançoire et de glissades sur le toboggan, Teagan et Emily avaient exploré le réfrigérateur et les placards, mais visiblement la mère d'Emily n'avait pas eu le temps de faire des courses depuis longtemps.

— J'ai trouvé un paquet de Pringles, goût paprika,

dit Emily en sautant du plan de travail sur lequel elle s'était perchée.

— Et moi du jus d'orange, ajouta Teagan.

Elles se regardèrent et tirèrent la langue en imaginant le mélange de goûts.

— Allons, il y a des gens en Afrique qui n'ont rien à manger, dit Emily en imitant sa mère.

— OK, mais si je meurs empoisonnée, ce sera ta faute, répliqua Teagan.

Elles s'assirent à la table de la cuisine et étalèrent leur butin. Quand Teagan fit passer sa première fournée de Pringles avec du jus d'orange, elle crut qu'elle allait vomir.

— Pouah! c'est dégueulasse!

— Beeerk! superdégueu!

— Plus dégueu que dégueu! dit Teagan en attrapant une autre poignée de Pringles.

— Plus dégueu qu'un gâteau de vers de terre! ajouta Emily.

— Plus dégueu qu'un gâteau de vers de terre avec un glaçage de bave!

Elles terminèrent leur festin en riant comme des folles.

Teagan gloussa en y repensant.

— De qui est-ce?

— De ma vieille amie Emily, répondit Teagan sans réfléchir.

— Et qu'est-ce qui te fait rire?

Teagan se sentit piégée.

— Rien, coupa-t-elle en rangeant la carte dans son sac.

Emily et Teagan étaient nées le même jour. Quand elles étaient petites, chaque année, leurs parents organisaient une fête pour leur anniversaire, invitant tous les enfants de leur classe. Elles soufflaient ensemble les bougies plantées sur un énorme gâteau et échangeaient leurs présents une fois les invités partis. Elles s'étaient perdues de vue en troisième. À part leur date de naissance, qu'avaient-elles en commun désormais ?

— Emily... Ton père m'a parlé d'elle, dit Karen. C'est aussi son anniversaire aujourd'hui, c'est ça ?

Teagan leva les yeux, surprise. Comment son père pouvait-il se rappeler l'existence d'Emily alors qu'il semblait oublier celle de sa propre fille ? Par chance, son portable sonna, interrompant la discussion. Elle avait reçu un message.

*Joyeux anniversaire, princesse! Lov, Max.* Elle fit la moue en remettant son téléphone dans son sac. Quel genre de petit ami envoyait un texto à sa copine le matin de son anniversaire, plutôt que de l'appeler ? Il devait probablement avoir une telle gueule de bois qu'il ne pouvait même pas lever la tête. Hum! très sexy! Mais, au moins, il s'était souvenu de son vrai surnom.

— Bon, moi j'y vais, dit Teagan. J'ai rendez-vous chez le coiffeur.

Elle avait carrément abusé de son baume coiffant, tentant de maîtriser une crinière qu'elle avait attachée en queue de cheval. Elle ne voulait pas qu'on la prenne pour une folle. L'idée d'un shampoing, d'un massage relaxant et d'une dose de soin au concombre l'enchantait. Un soin des cheveux et une nouvelle coupe pouvaient sauver une journée. En tout cas, ça l'aiderait sûrement à oublier l'absence de son père, sa culpabilité et la disparition de sa mère en ce jour supposé spécial. Le tonnerre gronda dehors, comme pour rappeler à Teagan que sa fête était fichue. Comme si elle avait besoin d'un pense-bête !

— Tu ne veux vraiment pas manger quelque chose avant de partir ?

Teagan ouvrit la bouche pour répliquer, mais Karen semblait si abattue et si minuscule, assise devant l'énorme table dans sa robe parachute, que Teagan ravala sa réponse. Une autre pointe de culpabilité lui piqua l'estomac ; elle soupira.

— Bon ! dit-elle en attrapant un mini-muffin et un bout de bacon.

Elle enveloppa le gâteau dans une serviette en tissu et le mit dans son sac, puis elle croqua un petit bout de bacon.

— Heureuse ?

Karen fit un grand sourire. Soudain Teagan réalisa qu'elle aurait tout donné pour voir sa mère assise là, à sa place.

— À plus, dit-elle en se détournant avant que Karen n'ait le temps de remarquer les larmes dans ses yeux.

— Amuse-toi bien ! lui cria Karen comme elle courait vers l'entrée, ses bottes Miu Miu à talons hauts claquant sur le sol en marbre brillant.

Teagan attrapa un parapluie Hermès rouge cerise série limitée, et son trench Ralph Lauren dans le placard à vêtements du vestibule et claqua la porte. Le temps de s'habiller et de sortir, elle avait retrouvé son calme. Après des années de pratique, elle était passée maître dans l'art de retenir ses larmes.

Sous l'auvent, Teagan fut accueillie par Rodney et Dangerfield, les dobermans de son père, qui lui firent la fête comme tous les matins. Chacun eut droit à sa part de muffin et de bacon.

Au pied des marches, sa BMW Z4 Roadster – décapotable, évidemment – l'attendait en ronronnant comme un petit chat. Le plein était fait, elle était prête à partir. Comme elle s'approchait, Jonathan, le mécanicien de la maison, lui ouvrit la portière.

— Bon anniversaire, mademoiselle Teagan, dit-il en affichant un sourire Ultrabright.

— Merci, Jonathan !

Elle lui rendit son sourire en se glissant sur le siège en cuir. Pour Jonathan et son pantalon moulant, elle pouvait bien faire un effort d'amabilité.

## Entretien avec Teagan Phillips
## Un anniversaire très spécial en perspective
## Transcription 1 (suite)

**Journaliste:** Melissa Bradshaw, rédactrice en chef
*La Sentinelle de Rosewood*

MB: Alors, où va avoir lieu cette soirée incroyable?

TP: Au country club d'Upper Sheridan, évidemment. Mon père et moi en sommes membres depuis des années.

MB: Oh! j'adore cet endroit! Le terrain de golf est hallucinant!

TP: Aucune idée, je ne fais pas de sport... Les vraies femmes ne transpirent pas.

MB: Oh! mais je n'y étais pas pour jouer au golf, si tu vois ce que je veux dire. *(Ricanements.)* Par contre, j'ai effectivement transpiré... Mais je m'égare. Reprenons. Bon, je suppose qu'il va y avoir de la musique...?

TP: Non. À la place de la piste de danse j'ai fait installer un atelier de poterie. *(Pause.)* Bien sûr qu'il y aura de la musique...

MB : Groupe ou DJ ?

TP : DJ. J'ai engagé Stephen Beckford.

MB : Nooooooooooooooooon ! L'ange déchu de Rosewood revenu du royaume des ombres ?

TP : Ça t'étonne ?

MB : Je ne savais pas qu'il mixait pour des soirées privées.

TP : Eh bien, en principe non, effectivement. Mais quand je veux le top, j'obtiens le top. Tu devrais commencer à le savoir, Missy.

MB : *Melissa*…

# 3

— C'est pas vrai! Ils sont bigleux ou quoi..., marmonna Teagan en voyant que le feu était passé au vert et qu'aucune voiture, devant elle, ne démarrait. Rien que des feux de stop rouges à perte de vue. Elle écrasa en vain son Klaxon. Ses essuie-glaces battaient frénétiquement, rejetant des torrents de pluie vers les côtés du pare-brise.

— Allez, bouge-toi! lança Teagan à la voiture qui la précédait. C'est juste un peu d'eau! Si ça te pose un problème, fallait rester chez toi!

Le centre-ville d'Upper Sheridan s'était transformé en embouteillage géant, et chacun essayait comme il pouvait de faire ses traditionnelles courses du week-end sous le déluge.

Teagan avait hâte d'arriver au salon de Michel et de se laisser tomber dans un de ses profonds fauteuils de massage en cuir. Elle avait rendez-vous avec sa meilleure amie, Lindsee Hunt, qui devait déjà l'attendre devant un café au lait écrémé au comptoir situé à l'entrée du spa. La journée ne faisait que commencer et Teagan était déjà complètement stressée.

Deux hommes passèrent en courant devant sa voiture. Vaguement protégés par un journal qu'ils tenaient au-dessus de leurs têtes, ils fonçaient vers une Mercedes. Le temps d'y grimper, ils étaient complètement trempés. Enfin, une place !

Teagan stoppa net, sans voir dans son rétroviseur une Land Rover qui arrivait juste derrière. Le conducteur fit une embardée, évitant de peu le pare-chocs de Teagan et la doubla en hurlant des insanités par sa vitre ouverte.

S'il y avait bien une chose qu'elle détestait, c'était les créneaux. Beaucoup trop stressant... Il faudrait qu'elle trouve un salon de beauté avec un parking privé. Malheureusement, sur Sheridan Avenue, autant demander la lune. En plus, Michel lui coupait les cheveux depuis qu'elle avait dix ans. Il connaissait le moindre de ses épis et savait parfaitement dissimuler par un dégradé son menton en galoche. Teagan ne le remplacerait pour rien au monde.

Elle prit une longue inspiration, tourna le volant et commença de reculer. Elle râla quand elle cogna la voiture garée derrière elle. Agrippant le volant, elle braqua dans l'autre sens et fit maladroitement bondir sa voiture en avant. Bam !

— J'y crois pas ! grommela Teagan.

Elle redressa, recula de quelques centimètres et coupa le moteur. Bon, elle n'était pas trop loin du trottoir, et Jonathan ferait disparaître toutes ces rayures dès qu'elle rentrerait. Tout allait bien.

Son portable sonna. C'était son amie Ashley Harrison. Teagan soupira et leva les yeux au ciel. Ashley risquait de lui tenir la jambe pendant des heures, mais elle ne pouvait quand même pas ignorer un appel d'anniversaire.

— Salut, Ash.

— Joyeux anniversaire, joyeux anniversaire…, chanta Ashley.

Teagan se crispa. Dans la famille «Je chante faux»…

— Ashley, je suis désolée d'interrompre cette interprétation remarquable, dit-elle d'un ton sarcastique en ouvrant violemment sa portière, mais j'ai rendez-vous chez Michel et je suis déjà en retard. Il faut que je te laisse. On se voit ce soir.

— Ah ! OK, bon…

Teagan éteignit son portable avant de le jeter au fond de son sac, ouvrit son parapluie et descendit précautionneusement de la voiture. À peine avait-elle refermé la portière que les manches de son manteau et le bas de son jean étaient déjà trempés.

— Pourquoi justement aujourd'hui? marmonna-t-elle en se tortillant pour remonter son sac sur son épaule. Pourquoi faut-il toujours que ce genre de choses m'arrive à *moi*?

Elle dépassa le parcmètre qui semblait lui faire des signes. Qu'ils lui mettent donc une amende! C'était plus facile de laisser le comptable de son père la payer que de farfouiller dans son énorme sac en essayant de garder le parapluie au-dessus de sa tête.

Teagan plissa les yeux, tentant de distinguer quelque chose à travers le rideau de pluie. Elle devina de l'agitation un peu plus loin. Au coin de la rue qu'elle devait emprunter pour se rendre chez Michel, elle aperçut une bannière tendue sous le porche de l'église. Une dizaine de personnes vêtues de ponchos très peu seyants s'agitaient, discutant avec des passants trempés, leur tendant un tronc pour la quête.

*Super!* songea Teagan en accélérant le pas. *Des clochards. Il ne manquait plus que ça!* Elle dépassa à vive allure l'attroupement, comme si elle n'avait rien remarqué et allait atteindre le coin de la rue – le dieu Anniversaire se décidait peut-être enfin à lui sourire? – quand...

— Teagan Phillips!

Teagan s'arrêta net, jura et se retourna, faisant voler sa queue de cheval. Surgissant de sous le porche, vêtu d'un poncho miteux et froissé qui couvrait tout juste ses genoux noueux mais laissait bien voir ses jambes velues : Stephen Beckford. Ses chaussures et ses chaussettes étaient trempées, l'eau dégoulinait de sa capuche, plaquant ses boucles noires sur son front, et pourtant il souriait de toutes ses dents. Teagan soupira. Qu'est-ce qu'un type comme Stephen pouvait bien faire, à collecter de l'argent un samedi matin ? C'était vraiment du gâchis : un si beau garçon ! super joueur de foot, étudiant modèle et champion d'équitation !

… Non pas que Teagan pense tout cela de lui, mais c'était l'opinion générale à Rosewood. On lui avait attribué quasiment tous les titres honorifiques de sa promo de terminale. Quelle blague !

— Stephen Beckford ! dit-elle en penchant la tête. Mais qu'est-ce que tu fais là ? Tu veux donner à tes parents une occasion de pleurer devant des photos de toi bébé en se demandant à quel moment tout a pu déraper ?

— On peut dire que tu n'y vas pas de main morte, rétorqua-t-il, ses yeux bleus pétillant.

— Tu ne devrais pas être en train de préparer ton programme pour ce soir ? demanda-t-elle.

Cela ne fait jamais de mal de rappeler aux employés qui est le patron. Elle avait toujours l'impression que Stephen lisait jusqu'au fond de son âme au lieu de se contenter de la regarder. Comme s'il pouvait voir son cerveau s'agiter pour trouver une réplique alors qu'elle affichait le plus grand calme. C'était très énervant.

— Ne te fais pas de souci pour ta précieuse petite fête, dit Stephen. J'ai déjà déposé mon matériel ce matin et le programme est prêt.

— Parfait. Je ne voudrais pas découvrir des raisons de ne pas te recommander à tous mes amis.

— Ne le prends pas mal, mais je crois que c'est ma dernière boum d'ados, dit-il avec un grand sourire.

Teagan plissa les yeux. Qu'est-ce qui le rendait si énervant ? Son ego ? Non. En général elle aimait bien les garçons culottés. Sa beauté ? Non plus. Elle pourrait rester à le regarder toute la journée si seulement il se taisait. Le fait qu'il avait réussi alors que tout le monde lui avait prédit qu'il allait se planter lamentablement ? Ouais, ça se pouvait bien.

Stephen Beckford avait terminé premier de sa classe l'année précédente et toutes les meilleures universités du pays lui avaient ouvert leurs portes. Mais, au lieu de foncer à Harvard, à Stanford ou à Yale, il avait choqué toute la communauté d'Upper Sheridan en utilisant l'argent que lui avaient légué ses grands-parents pour louer un appartement à Manayunk, un quartier bohème de la banlieue. Ensuite, au lieu de tout claquer en drogue, filles et alcool comme on aurait pu s'y attendre, Stephen s'était offert la panoplie dernier cri du DJ (il avait commencé à mixer au lycée) et avait profité des relations qu'il s'était faites pour organiser des soirées dans les boîtes à la mode de la ville. Petit à petit, il avait volé la vedette dans les soirées phares du samedi soir et les salles bondées de teufeurs. On disait que de grands clubs de New York lui avaient fait la cour mais qu'il avait refusé toutes leurs propositions. Attaché à Philadelphie, il avait préféré ses steaks au fromage aux hot-dogs new-yorkais, et il était resté.

Au printemps précédent, il avait accepté – pour une somme mirobolante – de mixer au mariage à deux millions de dollars de la fille du maire. Apparemment, la jeune Chelsea, fêtarde notoire, avait *adoré* les performances de Stephen à l'époque de ses virées nocturnes. Sa performance à ce mariage avait reçu des critiques enthousiastes, mais Stephen avait depuis refusé les fêtes privées pour se consacrer à sa carrière dans les clubs (et pour ne plus être étiqueté «employé», supposa Teagan). Régulièrement, il participait à des événements caritatifs, travaillant bénévolement au profit de multiples causes. Selon la presse, il côtoyait de nombreuses célébrités locales et mêmes nationales. Il avait l'air sacrément suffisant sur les photos, exactement l'air qu'il affichait à présent, fièrement dressé dans son poncho.

Quand Teagan avait décidé d'engager un DJ pour sa fête, le nom de Stephen s'était tout de suite imposé. Il avait d'abord refusé son offre, invoquant sa décision de ne plus participer à des fêtes privées.

Alors elle avait augmenté le prix. Encore. Et encore. Jusqu'à ce qu'il ne puisse plus raisonnablement refuser. Pour Teagan, cela valait la peine. Jusqu'à ce qu'elle tombe la semaine précédente sur un article de l'*Inquirer* où il annonçait qu'il ferait don de son cachet à une association. Comme si elle avait envie que tout le monde sache qu'elle jetait l'argent par les fenêtres...

Mais il était bel et bien considéré comme le meilleur de Philadelphie et de la région. Et, pour Teagan, c'était l'essentiel. Bien sûr, à cet instant, debout devant lui sous la pluie, elle regrettait un peu de ne pas avoir opté pour un groupe.

— Bon, je ferais mieux d'y aller, dit Teagan qui espérait s'échapper avant qu'il ne lui donne l'impression qu'elle était complétement stupide.

— Un petit don, peut-être ? demanda Stephen. C'est pour le foyer des sans-abri d'East Sheridan. Nous collectons les vêtements, les jouets, les appareils électroménagers...

— Oh ! ça tombe bien ! j'ai toujours un lave-vaisselle dans ma poche, rétorqua-t-elle.

— ... et de l'argent, conclut Stephen en lorgnant son sac à main. Qu'est-ce que tu caches dans le ventre de ton crocodile ?

Instinctivement, Teagan serra son sac contre elle. Elle se sentit rougir – quelle barbe ! Si elle ne lui donnait rien, il allait la prendre pour une morveuse pourrie gâtée et prendre des airs supérieurs. Si elle lui donnait quelque chose, il penserait qu'il faisait d'elle ce qu'il voulait et prendrait également des airs supérieurs.

— Désolée, je né peux rien faire pour toi, dit Teagan avec un sourire forcé. C'est mon père qui s'occupe des donations.

*Tiens ! Voyons ce que tu peux répondre à ça.*

Stephen eut un sourire narquois.

— Seize ans, et elle ne peut toujours pas prendre ses propres initiatives, hein ? dit-il. C'est bizarre, mais ça ne me surprend pas vraiment...

Teagan ouvrit la bouche, mais aucun son n'en sortit. De toute façon, Stephen ne lui laissa pas le temps de répliquer. Il lui tourna le dos et rejoignit la foule, engageant la conversation avec un vieux monsieur appuyé sur son déambulateur. Teagan sentait son visage en feu. Pouvait-on imaginer plus exaspérant que Stephen Beckford ? Il n'avait pas le droit de l'insulter puis de lui tourner le dos comme ça. D'ailleurs, il n'avait pas le droit de l'insulter tout court.

Sauf qu'il venait juste de le faire. Et elle restait plantée là, sous la pluie, comme une andouille.

Elle se retourna, bien décidée à aller se décharger de sa frustration auprès de Lindsee, mais une femme en imperméable jaune fonça vers elle, tenant à la main une espèce de gamelle... Teagan se préparait à la contourner, quand elle vit son visage. Elle s'arrêta.

La femme était complètement chauve, les yeux enfoncés et cernés. Malgré sa silhouette émaciée, elle arborait un sourire radieux.

— Un don pour les sans-abri, mademoiselle ? demanda-t-elle. Quoi que vous donniez, vous aiderez.

Teagan ravala la boule qui s'était formée dans sa gorge. Cette femme ressemblait tellement à sa mère une semaine avant qu'elle meure... Pendant une seconde, elle eut l'impression que celle-ci l'observait et se sentit submergée par une vague de tristesse et de culpabilité. Elle jeta un coup d'œil par-dessus son épaule. Stephen avait disparu dans la foule.

— Une seconde, dit Teagan.

Elle plongea la main dans la poche de son manteau et ses doigts se refermèrent sur un billet. Elle ne le regarda même pas et le déposa dans le tronc. Tout ce qu'elle voulait, c'était disparaître d'ici.

— Cinquante dollars ! s'étrangla la femme. Merci, mademoiselle.

— Ouais, pas de problème, marmonna Teagan.

Elle avait déjà passé le coin de la rue pour se mettre hors de vue.

## La page à potins

# Elle court, elle court, la rumeur

### Par Laura Wood

Les seize ans de Teagan Phillips approchent à grands pas, et notre école n'avait pas connu une telle agitation ni autant de rumeurs depuis le fameux bizutage des terminales en 2001 – qui avait impliqué, je vous le rappelle, la cafétéria, des abeilles et Lance Larson… hum. Voici juste quelques-uns des bruits qui courent ou rampent dans nos couloirs…

« Il paraît qu'elle a conclu un marché avec Apple et qu'elle va distribuer des mini-iPod comme souvenirs de sa soirée. » Des iPod gratuits ? Mais qui dans cette école n'en a pas déjà un ?

« Il paraît que Benjamin Castaldi sera là et que toutes les demi-heures il mettra un invité à la porte. » Castaldi vient ? Voilà une bonne raison de ne pas y aller.

« Au lieu de videurs, elle a engagé des catcheurs professionnels pour empêcher les nouveaux de s'incruster. Sérieusement, ils ont intérêt à garder leurs distances. » Pauvres petits nouveaux.

« Hé, mec, il paraît qu'elle a invité genre des super mannequins. Tu sais si Giselle va venir ? Paske dans ce cas, va falloir que je passe chez le coiffeur… » À tous les garçons de Rosewood : on ne sait pas si Giselle sera vraiment là ou pas, mais de toute façon, en ce qui vous concerne, une nouvelle coupe ne changera pas grand-chose.

« Apparemment, toutes les filles doivent se faire faire un piercing au nombril. Merci bien, mais j'ai déjà tous les trous dont j'ai besoin. » Cette réflexion peut être considérée soit comme très perspicace, soit comme dégueulasse – ça dépend combien de temps on y pense.

« Je l'ai entendue raconter hier comment elle allait faire son entrée. Elle va arriver en jet privé! Je te jure!» Ouais, pas de problème, on ne sent absolument pas venir la catastrophe.

Eh bien, voilà, les amis! Le top du top. Alors, les filles, gardez un œil sur votre ventre, et vous, les garçons, ne provoquez pas les gentils catcheurs. Oh, et au cas où je ne pourrais pas venir, quelqu'un peut-il balancer une part de gâteau d'anniversaire dans la figure de Castaldi pour moi? Merci.

# 4

— Joyeux anniversaire, copine !

Quand Teagan pénétra dans le salon de Michel, Lindsee l'accueillit en brandissant deux coupes de champagne remplies d'un liquide mousseux orange.

— Je nous ai commandé des mimosas[1] !

*Ah ! des mimosas... Beaucoup mieux qu'un café au lait écrémé...*

Comme toujours, Lindsee était la perfection personnifiée. Ses longs cheveux blonds tombaient en vagues chatoyantes sur ses épaules. Son gloss brillait et ses sourcils étaient fraîchement épilés. Elle portait un pull crème à col rond Max Mara sur un pantalon de cuir couleur camel, luisant comme s'il avait été tartiné de beurre, qui lui moulait les fesses. Rien de tel qu'un rendez-vous avec Lindsee pour que Teagan se sente

1. Mélange champagne-jus d'orange.

habillée comme un sac. Mais elle rejeta sa queue de cheval en arrière, releva le menton et afficha un sourire de pro. Tout était une question d'attitude.

— Merci ! Tu as vu ce temps ? demanda Teagan tandis que le personnel du salon se précipitait en silence pour la débarrasser de son manteau et de son parapluie.

— Je sais, dit Lindsee en lui tendant une coupe. Mais ne t'inquiète pas. Ce n'est pas un peu de pluie qui va venir à bout de Teagan Phillips. Aujourd'hui, c'est *ton* jour. Et ça va être carrément dément.

— Tu as raison. J'ai juste besoin de me faire un peu dorloter, dit Teagan en levant sa flûte. Et un peu de ceci ne fera pas de mal non plus.

— On est bien d'accord.

Elles trinquèrent et burent le doux mélange d'une traite.

— Est-ce que vous aurez besoin de quelque chose d'autre avant votre rendez-vous, Mesdames ? demanda une assistante qui était apparue discrètement à côté de Teagan.

Celle-ci sortit sa carte American Express Platinum de son portefeuille Prada.

— Prenez-la maintenant, comme ça je n'aurai plus à y penser, dit-elle à la jeune femme en la lui tendant. Mettez tout dessus en ajoutant le pourboire habituel.

— Bien, mademoiselle, dit l'assistante qui disparut.

Lindsee arracha des mains de son amie le porte-feuille.

— J'y crois pas! C'est quoi cette photo?

Sur le cliché en noir et blanc, les yeux clairs de Max lançaient un regard brûlant.

— Max s'est fait faire un book. Il veut devenir mannequin.

— C'est pas vrai! Je n'étais pas au courant...

— Et pourquoi le serais-tu? demanda Teagan froidement en reprenant son portefeuille.

*C'est* mon *petit copain après tout*, se dit-elle. Lindsey eut un sourire moqueur.

— Top model, hein? Il faut être culotté...

— Eh bien, c'est *juste* le mec le plus mignon de l'école..., répliqua Teagan en posant sa coupe vide sur la table la plus proche.

— Ça, je n'en sais rien, dit Lindsee en jouant avec son propre verre vide.

— Oh! arrête! Tu craquais trop pour lui l'automne dernier. Seulement tu es verte que ce soit moi qui sorte avec lui, répondit Teagan en riant.

Cette conversation lui remontait carrément le moral.

— Je ne craquais pas pour lui du tout, protesta Lindsee.

— Mais oui! bien sûr! pouffa Teagan.

Stupéfaite, Lindsee ouvrit la bouche pour répliquer mais ne put émettre qu'un couinement. Puis:

— Tu sais, si ce n'était pas ton anniversaire, je pourrais bien...

— Mesdames !

Michel avait surgi d'une des cabines. Sa chemise noire ouverte jusqu'au nombril laissait voir un torse parfaitement imberbe. Sous les lumières chatoyantes, son crâne rasé brillait comme un bouton de porte. Il souriait si largement que ses yeux plissés en étaient presque fermés.

— La voilà enfin ! La reine du jour ! Joyeux anniversaire ! s'exclama Michel en embrassant l'air autour des oreilles de Teagan. Je dois dire que tu fais bien plus âgée. Les filles, vous êtes telles des roses qui s'épanouissent sous mes yeux.

Teagan rougit. Lindsee avait encore l'air fâchée, mais elle réussit à sourire.

— Bon, Teagan ! au shampoing ! dit Michel en l'attrapant par le bras et en la poussant vers le fond du salon. Vu l'état de tes cheveux, nous avons du pain sur la planche !

Teagan respira profondément, enfin elle pouvait se détendre. Michel allait s'occuper d'elle. Que ferait-elle sans lui ?

— Tamika va te laver les cheveux et te masser, dit Michel. Ensuite elle t'appliquera le soin et on te fera les mains et les ongles de pieds. Et, après, tu seras tout à moi, conclut-il avec un sourire presque lascif.

Brooklyn, une fille magnifique dont les cheveux

roux lui tombaient jusqu'aux fesses, s'approcha en souriant. Teagan se demandait toujours comment Michel arrivait à convaincre toutes ces beautés de faire un travail aussi ingrat.

— Il paraît que c'est ton anniversaire, dit-elle, son piercing dans le nez scintillant sous les lumières. Félicitations!

— Ouais. C'est très touchant. On peut avoir un autre mimosa? coupa Lindsee.

— Tu es majeure? demanda Brooklyn en dévisageant Lindsee de la tête aux pieds.

— Et toi, tu es ma mère? rétorqua Lindsee.

Teagan pouffa. Brooklyn se contenta de hausser les épaules en soupirant.

— Tu n'as qu'à aller voir Sona, au bar, dit-elle à Lindsee avec un air parfaitement nonchalant qui impressionna Teagan.

La plupart des gens s'écrasaient, ou au moins se défilaient, quand Lindsee sortait ses griffes. Elle prit un ton impatient:

— OK. Je reviens tout de suite.

Son amie était encore contrariée par leur conversation à propos de Max. Pourtant, elle n'avait fait que dire la vérité et ce n'était pas sa faute si Lindsee avait perdu la face. Mais elle savait son amie aussi «cool» qu'un masque au concombre. Elle aurait tout oublié en revenant du bar. Ou du moins elle ferait comme si.

Brooklyn glissa une serviette noire sur les épaules

de Teagan et lui fit légèrement pencher la tête en arrière. Teagan appuya son cou dans le creux du bassin et ferma les yeux. L'eau était tiède. Aaah! Comme c'était bon. Enfin, elle pouvait décompresser.

Teagan respira profondément. Et chaque expiration emportait des ondes négatives. Adieu, Karen. Adieu, bacon. Adieu, crétin dans sa Land Rover. Adieu, la dame au cancer. Adieu, Stephen. Oui, surtout, adieu, Stephen.

— Alors, prête pour le scandale du jour? demanda Lindsee qui revenait avec les boissons.

Il était clair que l'histoire de Max était oubliée.

— Un peu, ouais!

— ... Maya et Ashley ont acheté la même robe pour ta soirée, annonça son amie en faisant tinter les deux verres l'un contre l'autre pour célébrer la nouvelle.

— Non... tu plaisantes! dit Teagan avec un sourire moqueur.

C'était exactement le genre de chose que leurs amies étaient capables de faire. Elles pensaient rarement toutes seules et, quand elles essayaient, elles arrivaient presque toujours à la même conclusion. C'est comme si, après seize ans d'une forte amitié, leurs personnalités s'étaient mélangées.

— Ouais. Du coup Maya a genre pété les plombs et elles ne se parlent plus. Pathétique.

— Elles ne se parlent plus? répéta Teagan. Génial!

Je sens que, ce soir, je vais devoir les écouter se démolir mutuellement.

— Mais non, ne t'inquiète pas. Je suis sûre que d'ici là tout sera oublié, la rassura Lindsee.

Les cheveux recouverts d'une crème de soin, Teagan se sentait décidément beaucoup plus détendue – le second mimosa devait aussi aider un peu... Elle se retrouva bientôt dans le fauteuil massant dont elle rêvait depuis des jours, sursautant de temps en temps quand la machine labourait son dos et ses épaules. Ses pieds trempaient dans un bain moussant à la menthe poivrée tandis qu'une manucure lui polissait les ongles.

— Tu ne devineras jamais sur qui je suis tombée dans la rue, au milieu d'une bande de sans-abri, dit Teagan.

Lindsee se faisait faire les ongles dans le fauteuil voisin. Elle haussa les sourcils qu'elle avait parfaits.

— Stephen Beckford!

— Cépapossible! Cela dit, ça ne m'étonne pas tant que ça... Il est SDF maintenant?

— Non, il les aidait juste à collecter de l'argent.

— Tu veux dire à mendier, histoire qu'ils n'aient pas à bouger leurs fesses pour se trouver un boulot, corrigea Lindsee en riant. Je n'arrive pas à croire que ce mec mixe à ta soirée.

— Eh bien, c'est le meilleur, dit Teagan en essayant de ne pas se tortiller tandis que la jeune manucure s'attaquait à ses cuticules.

Il y avait une chose que Teagan n'arrivait pas à soigner : ses ongles. Vingt-quatre heures après une manucure, ils étaient à nouveau complètement détruits. Elle ne pouvait pas s'empêcher de les tripoter.

— Maman m'a dit que si je voulais faire une soirée pour mes seize ans, elle ferait venir Coldplay, dit Lindsee l'air satisfait.

— Tu n'as tout de même pas changé d'avis ? demanda Teagan en se redressant sur son siège.

Si quelqu'un à Upper Sheridan était capable de la battre sur l'échelle de l'extravagance, c'était bien Lindsee Hunt. Ses parents, tous deux chirurgiens cardiaques ultra renommés, avaient hérité une fortune de leurs familles respectives. Pour couronner le tout, après avoir réussi des pontages magiques sur plusieurs gros bonnets du monde du spectacle, ils étaient systématiquement invités à Manhattan à des fêtes époustouflantes qu'on retrouvait dans les pages d'*In Style* et de *New York Magazine*. La seule raison pour laquelle Teagan s'était lancée dans l'organisation de la soirée du siècle était que Lindsee avait juré qu'elle n'en ferait pas une pour le sien. Ainsi, elle était sûre que personne ne pourrait faire mieux qu'elle.

— Bien sûr que non, affirma Lindsee, comme si

l'idée d'une énorme fête en son honneur la répugnait. C'était juste son ultime tentative pour me soudoyer. Elle veut m'organiser une soirée pour pouvoir inviter tous ses copains snob et se soûler au champagne en mangeant du caviar toute la nuit. Non, merci…

— Alors nous allons toujours à Cabo[1]? demanda Teagan, soulagée.

— *Bien sûr*[2], répondit Lindsee. Justement j'ai discuté avec l'agence de voyage hier. Tout ce dont j'ai envie pour mes seize ans, c'est de me faire masser sur la plage, en compagnie de ma meilleure copine, par un mec canon qui s'appelle Miguel.

— Le paradis…, soupira Teagan en se laissant de nouveau aller sur son fauteuil.

— Alors, qu'est-ce que tu vas avoir de sympa pour ton anniversaire? demanda Lindsee. Je veux dire, en plus de la sympathique petite auto que t'a achetée ton père.

— Mon père n'y est pas pour grand-chose, lui rappela Teagan. Il m'a laissé les brochures des trois marques qu'il estimait convenir, et moi je suis allée faire l'achat avec Jonathan.

— Un cadeau en soi, fit remarquer Lindsee. Tu te souviens quand on l'a surpris en train de se changer dans le pavillon de la piscine?

1. Ville du Mexique sur l'océan Pacifique.
2. En français dans le texte.

Teagan rougit. Ça avait été la première fois qu'elle avait vu en vrai et en 3D un homme entièrement nu.

— Comment pourrais-je oublier ?

— J'en ai rêvé pendant *des mois*, dit Lindsee. Enfin bref. En parlant de cadeaux, qu'est-ce que tu penses que *Max* va t'offrir ? Quelque chose de... brillant, peut-être ?

— Tout ce que je souhaite, c'est que ce ne soit pas une blague comme l'année dernière. Je veux dire : qui s'intéresse encore aux ours en peluche géants ? Je ne suis plus en cinquième...

— En tout cas, moi, si j'avais un petit copain, je voudrais clairement qu'il m'offre quelque chose qui brille, dit Lindsee en jouant distraitement avec son collier en or.

— Ne t'inquiète pas, Lins. Je suis sûre que d'ici à ton anniversaire, tu auras trouvé un garçon qui t'achètera tout ce que tu veux.

Elle savourait de nouveau le fait d'avoir un petit copain – et pas son amie. Il n'y avait pas beaucoup de points sur lesquels elle battait la si magnifique, si raffinée et si intelligente Lindsee.

— Je sais, répliqua celle-ci sur un ton un peu hargneux.

— Hou, là, là ! on est sur la défensive on dirait...

Lindsee lui jeta un long regard de travers, puis revint brutalement à une bonne humeur tapageuse.

— OK, qu'est-ce que tu voudrais *vraiment* pour ton anniversaire?

Instantanément Teagan pensa à sa mère. Elle conservait un vague souvenir d'elle assise dans un fauteuil lors de l'une de ses fêtes d'anniversaire quand elle était enfant. Elle se rappelait son odeur quand elle l'avait attirée vers elle pour la serrer dans ses bras. Un mélange de rose et de cannelle.

— Teagan? À quoi tu penses?

Le cœur de Teagan fit un bond.

— À Max.

Lindsee cligna des yeux puis eut un sourire entendu.

— Oh, vraiment?

Elle leva son verre et prit une longue gorgée de mimosa.

— Ouais. Je pense que je vais coucher avec lui ce soir, lâcha Teagan l'air de rien.

Lindsee recracha instantanément ce qu'elle venait de boire, aspergeant le miroir et le mur en face d'elle ainsi que la femme penchée sur ses pieds. Teagan explosa de rire.

— Joli travail, dit-elle.

Lindsee passa délicatement ses doigts sur ses lèvres, prenant garde à ne pas abîmer son vernis.

— Attends, tu es sérieuse?

— Parfaitement. Je crois qu'après m'être complètement soûlée au bar j'attraperai Max par le bras et l'entraînerai dans une des suites privées du club. Tu sais comment je peux être quand j'ai bu.

— J'ai comme un vague souvenir d'un numéro de danse sur la table à la dernière soirée de Maya, dit Lindsee en plissant les yeux. Mais est-ce que ton père ne va pas criser ?

— Il n'en saura rien, dit Teagan en reprenant une gorgée de mimosa.

Le simple fait de penser à son père la rendit amère, et tout d'un coup les soubresauts et les grincements de son fauteuil massant lui parurent parfaitement moyenâgeux. Elle attrapa la télécommande et l'arrêta.

— Je n'ai absolument pas besoin de ce siège vu que Max va me faire un massage intégral ce soir, déclara-t-elle en ajoutant un soupir lascif pour faire bonne mesure.

Max – épaules larges, teint bronzé toute l'année (Teagan était la seule à savoir qu'il avait un abonnement chez Bronzez Soleil), sourire en coin rien que pour elle – faisait allusion depuis des semaines à ses besoins sexuels. Au fur et à mesure, il était devenu de moins en moins subtil, et Teagan s'était dit que perdre sa virginité avec lui serait le parfait cadeau d'anniversaire pour elle comme pour lui. À condition qu'elle ose.

Lindsee termina son verre et héla la première employée qui passait pour en commander un autre.

Teagan sourit à son reflet dans le miroir. Ses cheveux foncés étaient lissés en arrière derrière les oreilles, attendant l'intervention magique de Michel. Ses sourcils avaient été épilés en deux arcs minces et sa peau brillait après le masque désincrustant-purifiant, soulignant ses pommettes. Pour le moment, elle ne portait aucun maquillage, mais ses yeux verts brillaient tandis qu'elle pensait à sa future nuit de passion avec Max. Penser à lui était bien plus agréable que ruminer à propos de la fête, de son père ou de l'absence de sa mère. Aussi, elle repassa dans sa tête le film de leur dernière soirée en tête à tête, quand ils avaient vraiment failli passer à l'acte.

Donc, peut-être que ce soir, à condition de ne pas avaler la moindre miette de nourriture – ce dont, de toute façon, elle n'avait pas l'intention vu qu'elle voulait être magnifique dans sa robe Vera Wang sur mesure – et de baisser la lumière, elle ferait le grand saut.

— Teagan Phillips, vous êtes une *vilaine*, dit Lindsee avec un grand sourire.

Teagan vida le reste de son verre.

— C'est seulement maintenant que tu t'en rends compte ?

## Entretien avec Teagan Phillips
## Un anniversaire très spécial en perspective
## Transcription 1 (suite)

**Journaliste : Melissa Bradshaw, rédactrice en chef**
*La Sentinelle de Rosewood*

MB : Et le maquillage ? Vas-tu t'en charger toi-même ?

TP *(rire)* : Missy, voyons ! Ça va être la soirée la plus importante de ma vie ! Sophia Killen et moi avons travaillé toute l'année pour trouver la palette de couleurs idéale. Elle a conçu une ligne de cosmétiques spécialement pour moi et viendra pour me maquiller personnellement.

MB : Moi, c'est *Melissa* !

TP : Exact. Désolée. Ne le prends pas mal, c'est juste que je trouve que tu as plus l'air d'une *Missy*.

MB : Pas de problème. *(Elle s'éclaircit la gorge.)* Et Sophia Killen, c'est qui ?

TP : J'y crois pas ! C'est l'une des pros du maquillage les plus en vue de New York. Elle a travaillé pour Bobbi Brown pendant des années, mais là elle vient de créer sa propre société. Il paraît qu'elle a même piqué à Bobbi quelques-uns de ses meilleurs clients.

MB : Je vois. Il n'y avait donc pas de maquilleur digne de ce nom dans la région de Philadelphie ?

TP : Tout le monde sait que la crème de la crème du monde de la mode et de la beauté se trouve à New York. Ou alors à Los Angeles, Paris et Milan.

MB *(soupir)* : OK. Bon, maintenant que nous avons transmis cette information de la plus haute importance, parlons de ton petit ami. Je crois que tu sors avec... *(froissements de papiers)* Max Modell ?

TP : Je crois que tout le monde sait que Max et moi sommes ensemble depuis le printemps dernier...

MB : Max sera-t-il ton cavalier à la soirée ?

TP : Évidemment. J'ai déjà choisi son smoking. Je l'ai fait faire sur mesure chez Hugo Boss.

MB : *(Pause.)* Tu as *fait faire* la tenue de ton petit copain ?

TP : Une fille doit s'assurer que ses accessoires sont impeccables. Après tout, c'est la première chose que les gens remarquent.

Fin de la cassette n° 1

# 5

—Les fleurs ont bien été livrées? aboya Teagan dans son portable, tout en vérifiant sa silhouette dans le miroir en pied de son dressing.

— Oui, Mademoiselle, répondit une voix impassible.

Directeur du plus prestigieux country club de la région, George Lowell gardait toujours son sang-froid. Il aurait trouvé vulgaire pour un homme de sa position de laisser transparaître ses émotions.

— Et les estrades? Installées?

— Les charpentiers ont terminé leur travail il y a quelques heures, Mademoiselle.

— Et les tentures?

— Tendues.

— Les cordons de velours?

— En place.

— La machine à vent?

— Une vraie tornade.

— Eh bien, je ne veux pas d'une tornade, justement, siffla Teagan. Je veux une brise du soir sur la plage. Si ce truc me décoiffe, vous êtes fini!

— Bien, Mademoiselle. Je dirai au technicien de brider la soufflerie.

— Et le...

— Tout est en ordre, Mademoiselle. J'en réponds personnellement.

— Il y a intérêt, dit Teagan. Je me suis défoncée pour que tout soit parfait...

— Je n'en doute pas, Mademoiselle.

*Si seulement c'était vrai!* pensa-t-elle en se retournant pour s'examiner de dos. Mais bon! elle devait admettre que sa robe sur mesure masquait à la perfection son derrière monstrueux. Teagan lissa le tissu soyeux et l'ourlet asymétrique bruissa autour de ses cuisses et de ses genoux, chatouillant sa peau. Elle avait choisi cette teinte bleue en hommage à sa mère, passionnée d'astrologie. Un jour, cette dernière avait dit à Teagan que la couleur qui correspondait à son signe astrologique, Taureau, était le bleu pâle. Quand elle était petite, sa mère l'habillait très souvent de cette couleur, et Teagan devait reconnaître que ça lui allait vraiment bien.

— Mademoiselle Phillips, si je peux me permettre... Est-il nécessaire que je porte cet... *ensemble* que vous avez choisi pour moi? demanda George.

Teagan poussa un gros soupir.

— Quel est le problème?

— Il est juste un peu trop moulant à mon goût, répondit-il.

Teagan jeta un œil à la pendule de son placard. Il était déjà sept heures du soir. Comment pouvait-il se préoccuper de sa tenue *maintenant* alors qu'il avait reçu son ensemble pantalon et col montant signé Dolce depuis une semaine? S'il avait un problème avec le fait de paraître chic et stylé au lieu d'avoir l'air d'un sac dans sa queue-de-pie habituelle, il aurait pu le lui dire plus tôt.

— Laissez-moi vous poser une question : vous comptiez sur une gratification, pour ce soir?

— Oh!... eh bien... il est d'usage que le manager reçoive une sorte de compensation..., bégaya George.

— Alors, portez votre tenue dignement!

La sonnette retentit et le cœur de Teagan fit un bond. Max était arrivé. La plus grande soirée de sa vie était sur le point de commencer.

— Je dois y aller, George, dit Teagan. Assurez-vous que vos gars seront dehors avec des parapluies de golf quand ma limousine arrivera. Il est hors de question que j'arrive à cette soirée avec l'air d'être passée à travers une cascade.

60

— Bien sûr, Mademoiselle. Puis-je profiter de l'occasion pour vous souhaiter un joyeux ann...

Mais Teagan avait déjà raccroché. Elle passa ses mains dans ses cheveux pour les faire bouffer. Brillants comme de la soie, ils tombaient en un dégradé parfait autour de ses joues et de son menton. Michel avait, une fois de plus, accompli des miracles.

*Tu es magnifique et ta fête va être sensationnelle*, se dit-elle.

Après un signe de tête satisfait à son reflet, Teagan ouvrit la porte de sa chambre. Elle eut presque le souffle coupé en découvrant Max en smoking, ses cheveux blonds habituellement hirsutes avaient été parfaitement ébouriffés à la Brad Pitt. Ses yeux noisette ne laissaient rien deviner de la gueule de bois qu'il avait dû combattre toute la journée. Il n'avait jamais eu l'air aussi élégant et ses fossettes étaient plus que craquantes.

— Salut, princesse, dit-il avec un sourire charmeur. Bon anniversaire !

*Je vais trop coucher avec toi ce soir !* pensa Teagan.

— Qu'est-ce que c'est? demanda-t-elle en lorgnant le cadeau qu'il tenait à la main.

— Juste un petit quelque chose pour la plus jolie fille de la pièce, dit Max en le lui tendant avec une courbette.

Il était vraiment en forme.

— Je suis la *seule* fille de la pièce, fit-elle remarquer en prenant la boîte.

Max cligna des paupières et se redressa.

— C'est exact.

Teagan arracha le papier et se débattit un instant avec un écrin de velours noir. Quand elle réussit enfin à l'ouvrir, elle poussa un petit cri. Au milieu de la boîte se trouvait un cœur de minuscules diamants scintillants. Il était accroché à une chaîne en or blanc, si délicate qu'elle en était presque invisible.

— Max ! C'est ravissant ! dit Teagan.

Il s'approcha d'elle, si près qu'elle put sentir l'eau de Cologne qu'il venait de se mettre.

— Mon cœur t'appartient déjà, mais j'ai pensé que peut-être tu aimerais pouvoir en porter un, dit-il d'une voix rauque.

— Pas mal ! plaisanta Teagan. Tu as mis combien de temps à trouver ça ?

L'expression de Max changea instantanément.

— C'est pas vrai ! Les garçons n'ont pas le droit d'être un peu romantiques ?

— Quoi ? Oh, allez ! C'est pas grave ! J'ai eu l'impression que tu avais appris ton texte par cœur...

Max secoua la tête et lui prit l'écrin des mains. Teagan sentit qu'elle avait gâché ce moment. Elle le taquinait, c'est tout ! Où était le problème ?

— Laisse-moi te le mettre, dit-il platement.

Teagan se tourna et souleva ses cheveux. Si elle

voulait rattraper le coup, elle allait devoir s'excuser. Sinon, il était capable de bouder comme un bébé. Elle ajusta le collier et se regarda dans la glace.

— Il est magnifique, dit-elle à Max en prenant la voix la plus charmeuse possible. Je l'adore. Puis elle se retourna et passa ses bras autour de son cou. Et toi, je t'adore.

— Ah, ouais? dit-il en lui rendant son sourire.

— Ouais!

Il se pencha pour l'embrasser et Teagan laissa sa langue jouer avec la sienne pendant exactement quinze secondes. Mais, lorsqu'elle tenta de s'éloigner, il la retint fermement et elle fut obligée de le repousser.

— Max! Sophia Killen a mis une demi-heure à me maquiller, dit-elle en se tournant de nouveau vers le miroir.

— Désolé, bébé, dit-il en lui donnant une tape sur les fesses. Bon, descendons, les mecs ne vont pas tarder à arriver.

Max sortit et Teagan retoucha rapidement ses lèvres comme le lui avait montré Sophia. Elle attrapa son petit sac à main argenté ainsi que l'énorme besace qu'elle utilisait tous les jours et qu'elle avait remplie de tout ce qui pourrait lui être nécessaire pendant la soirée pour rester présentable. Elle toucha le petit cœur et sourit. Peut-être devrait-elle dire à Max qu'elle avait prévu de perdre sa virginité avec lui ce soir. Ça le mettrait définitivement de bonne humeur.

La sonnette retentit de nouveau.

— Bébé! Les voilà! cria Max.

Puis elle entendit les cris, braillements et claquements de main qui accompagnaient toujours les retrouvailles de la bande. C'était l'heure de la séance photo. Teagan soupira. Il lui faudrait attendre pour parler à Max.

En arrivant au bas des marches, elle entendit que les garçons ouvraient une bouteille de champagne en riant. Elle s'apprêtait à les rejoindre quand on sonna. Dans l'entrée, Mme Natsui était en train d'ouvrir à Maya et Ashley, toutes deux vêtues d'imperméables bleu pétrole, se débattaient sous le poids de deux énormes valises ornées de gros nœuds rouges.

— Joyeux anniversaire! s'écrièrent-elles en voyant Teagan.

Les cheveux blonds d'Ashley étaient retenus en un chignon, d'où s'échappaient quelques mèches que la pluie avait collées sur son front. Elle posa la valise qu'elle portait et se précipita joyeusement vers Teagan pour la serrer dans ses bras, mais celle-ci recula.

— Tu es trempée, s'écria-t-elle.

— Oh, c'est vrai! Désolée, dit Ashley, stoppée dans son élan. Mais regarde tes cadeaux!

Maya déposa son parapluie à côté de la porte et

tendit une des valises, secouant ses courts cheveux noirs.

— Ce sont les Louis Vuitton que tu voulais! annonça-t-elle.

— Et...

Ashley se pencha et ouvrit le sac qu'elle avait apporté.

Teagan en resta bouche bée. Le sac était bourré à craquer de tous ses produits préférés – baume pour les cheveux Aesop, shampoing Lazartigue, baume à lèvres Kiehl, crème pour les pieds Bliss, nécessaire à maquillage compact Chanel, gloss Bobbi Brown, ombre à paupières MAC, et tout un tas d'autres choses.

— Nous avons passé des semaines à tout réunir, expliqua Maya. Mais bon, le shopping, c'est pas un problème pour nous..., ajouta-t-elle en souriant.

— Ouah, les filles! commença Teagan en s'avançant. C'est vraiment...

Maya enleva son manteau et le tendit à Mme Natsui. Ashley leva les yeux et sursauta.

— Qu'est-ce qui se passe? demanda Teagan.

Ashley se redressa et ôta à son tour son manteau.

— Ça!

Teagan regarda ses deux amies et pâlit. Elles portaient exactement la même robe verte.

— Oh! Lindsee m'avait bien dit que vous étiez retournées faire des courses! gémit-elle.

— Je *suis* allée faire des courses ! s'exclamèrent-elles en même temps.

À cet instant, Lindsee déboula dans l'entrée sans avoir sonné. Elle abaissa son parapluie et jeta un œil autour d'elle avant d'exploser de rire. Instantanément, Maya et Ashley se mirent à se disputer. Teagan laissa échapper un grognement et sortit de la pièce l'air hautain. Parfait. Maintenant, la seule chose dont les gens allaient parler pendant la soirée serait la boulette vestimentaire de Maya et d'Ashley, qui allaient être infectes et casser l'ambiance. Y avait-il moyen que quelque chose se passe bien aujourd'hui ?

— Et si on en prenait une avec uniquement les filles ? suggéra Donnie, le photographe.

De sa main dodue, il fit signe à Max et à ses amis, Marco Rosetti et Christian Alexi, de s'éloigner de la cheminée. Ravis d'être autorisés à abandonner leurs poses guindées dans leurs costumes de pingouin, les trois garçons attrapèrent une des bouteilles de champagne glacées et s'effondrèrent sur les banquettes du salon. Teagan se plaça à côté de Lindsee tandis que Maya et Ashley les encadraient – pour l'instant, il n'était toujours pas question qu'elles s'adressent la parole.

La minirobe en mousseline de soie verte objet de tout ce drame avait des manches à volants et une ceinture dorée incrustée de fausses pierres précieuses au niveau de sa taille Empire. Elle devait pouvoir être jolie, mais, avec, Ashley avait l'air d'être enceinte et Maya paraissait minuscule. Teagan se demandait comment elles avaient bien pu acheter cette robe.

— Je ne comprends pas, dit Lindsee en gardant le sourire tandis que Donnie prenait des photos au flash. Je croyais que vous alliez toutes les deux faire des courses aujourd'hui?

— C'est ce que j'ai fait, répondit Maya en lançant un regard irrité à Ashley.

Teagan remarqua qu'elle portait des lentilles de contact vertes sur ses yeux bruns. Non seulement elles allaient avec sa robe, mais en plus le contraste avec sa peau café au lait était très réussi. Décidément, cette fille savait choisir ses accessoires. Le père de Maya était afro-américain et sa mère latino. Elle devait au mélange de ses gènes son charme de lutin exotique. Teagan s'était souvent fait la réflexion que si Maya avait hérité de la taille de son père plutôt que de celle de sa mère, elle aurait fait une sacrée concurrence à Lindsee.

— Moi aussi! enchérit Ashley.

Elle avait l'air plus présentable après avoir rattaché ses cheveux, mais son rouge à lèvres et son blush étaient trop foncés pour son teint de porcelaine.

— Allez, cheeeeese, tout le monde! commanda Donnie.

Ashley passa sa langue sur ses dents et fit un grand sourire. Elle venait juste de se faire enlever ses bagues et avait pris cette détestable manie qui rendait Teagan folle.

— Attendez, vous voulez dire que vous êtes allées toutes les deux faire du shopping et que vous vous êtes encore une fois acheté la même robe ? demanda celle-ci en se tournant vers ses amies.

— Moi j'aime bien, dit Marco en rotant. C'est comme si elles étaient jumelles.

— Une seconde, je dois changer de pellicule.

Teagan remarqua que la chemise de Donnie, trop courte pour couvrir sa bedaine de Père Noël, sortait de son pantalon de smoking. Incroyable ! Formal Photography ne pouvait pas lui envoyer un photographe sortable ? Ç'avait été l'unique raté dans toute son organisation. Trent Michaels, le photographe de mode mondialement connu qu'elle avait engagé pour la soirée, avait annulé à la dernière minute parce que *Vogue* l'envoyait aux Maldives. Maintenant elle se coltinait M. Brioche qui, une fois au country club, allait probablement avaler la moitié du buffet à lui tout seul. Teagan fit la grimace quand il se pencha en avant, exposant à tous son dos blanc et poilu, et décida de se concentrer sur un problème esthétique auquel elle pouvait apporter une solution.

— Bon, l'une de vous doit rentrer chez elle se changer ! dit-elle en se tournant vers ses amies.

— Ouais. Vous ne pouvez pas passer la soirée à faire cette tête, ajouta Lindsee, très Grace Kelly dans sa robe fourreau hyper moulante. C'est la fête de Teagan et tout le monde doit s'amuser.

Maya et Ashley se regardèrent et poussèrent un soupir.

— Bon, d'accord, mais laquelle ?

*Et pourquoi pas les deux ?* pensa Teagan.

— Peut-être Ashley...

Après tout, il valait mieux avoir l'air petite qu'enceinte.

— J'y crois pas ! Tu trouves que je fais grosse, c'est ça ? lança Ashley dont les yeux se remplirent de larmes.

— Non ! Bien sûr que non ! se dépêcha de protester Teagan qui ne voulait pas envenimer la situation. Une crise de nerfs était bien la dernière chose dont elle avait besoin. Pour être honnête, cette robe ne vous met ni l'une ni l'autre à votre avantage.

Les garçons éclatèrent de rire. Maya émit un gémissement offensé.

— Très bien ! Si c'est comme ça que tu vois les choses, peut-être que nous ferions bien de partir, dit Maya en attrapant son sac à main.

— Peut-être, dit Lindsee en haussant les épaules.

Maintenant c'était au tour d'Ashley de suffoquer.

— Je me barre !

— Moi aussi ! dit Maya.

Elles attrapèrent leur parapluie et leur veste et quittèrent la pièce la tête haute. Cela leur prit bien

une minute pour décider laquelle sortirait la première, et, finalement, elles ouvrirent ensemble la
double porte et sortirent côte à côte, leurs parapluies
se déployant à l'unisson.

— Tu penses qu'elles vont venir à ma fête ?
demanda Teagan.

— On s'en cogne, dit Lindsee d'un air las, comme
si elle n'en pouvait plus de leurs singeries. L'essentiel
c'est que, nous, on y soit.

— Exact, dit Teagan.

— Bon, Mesdemoiselles, et si l'on vous prenait
ensemble ? suggéra Donnie, inconscient du drame
qui venait de se dérouler.

Teagan se plaça à côté de sa meilleure amie et elles
s'enlacèrent étroitement comme elles le faisaient
souvent pour les photos. Elles jouèrent le jeu à fond,
prenant des poses de top model ou adressant des
moues sexy à l'objectif. Teagan observa Max qui les
regardait et elle put voir que ça l'excitait. Qu'il était
mignon ! Parfois elle n'arrivait pas à croire qu'elle
sortait avec lui.

— C'est clair que je le fais ce soir, chuchota Teagan
à Lindsee. Ce soir, Max et moi, nous couchons
ensemble.

Lindsee se redressa et elles regardèrent ensemble
dans la direction de Max tandis que Donnie les prenait en photo.

Le pauvre n'avait aucune idée de ce qui l'attendait.

— OK, c'est bon, dit Donnie. On a fini.

Max regarda sa montre.

— On devrait y aller, princesse, dit-il en prenant une gorgée de champagne directement à la bouteille. Ton carrosse t'attend.

Tandis que chacun attrapait ses affaires dans l'entrée, leurs voix résonnèrent sous le haut plafond, donnant à Teagan l'impression que la fête avait déjà commencé. Elle avait hâte d'arriver au country club et de faire son entrée. Tout le monde allait se battre pour la photographier, pour lui parler ou l'inviter à danser... Enfin, ça allait être son heure de gloire!

Quand Max ouvrit la porte, le téléphone se mit à sonner. Teagan grogna.

— Ce doit être un des fournisseurs. Ils oublient toujours de m'appeler sur mon portable, dit Teagan en se précipitant pour décrocher le téléphone de la cuisine aussi vite que ses chaussures à talons Jimmy Choo le lui permettaient. Quand elle l'atteignit, le répondeur s'était déjà mis en marche.

— Teagan? C'est ton père.

*Un peu tard pour un coup de fil d'anniversaire, hein, papa?* pensa Teagan en se crispant au son de sa voix.

— Tu es là? J'ai essayé de t'appeler toute la journée sur ton portable...

Sans l'écouter plus longtemps, Teagan tourna les talons et sortit de la pièce. Toute la journée sur son portable? Mais oui, bien sûr! Alors pourquoi n'avait-elle aucun message ni signal d'appel en absence? Il allait falloir que son père réalise qu'avec la technologie moderne il était beaucoup plus difficile de mentir.

— Ladies and gentlemen, je suis officiellement bourré, déclara Christian en s'effondrant sur la banquette en cuir de la limousine.

Il était vautré contre Lindsee qui n'avait pas l'air enchantée. Avec ses cheveux roux bouclés lissés vers l'arrière, il avait encore plus l'air d'un collégien que d'habitude.

— Tu ne peux pas être bourré avec du champagne, mec, dit Max en lui prenant la bouteille des mains. Quelle femmelette...

Christian se pencha.

— Ouais, ben, écoute bien ce que la femmelette va te dire.

Et il émit le rot le plus puissant que Teagan ait jamais entendu. Évidemment, les garçons éclatèrent de rire. Teagan leva les yeux au ciel et regarda vers la fenêtre. Plus immature, tu meurs.

Poussées par la vitesse, les gouttes de pluie glissaient à toute allure sur les vitres teintées. Teagan tenta de se concentrer en suivant la trajectoire d'une goutte. Elle n'arrivait pas à croire que son père ait attendu presque huit heures du soir pour l'appeler. En fait, si! Et elle était presque surprise qu'il en ait pris la peine. Il n'allait probablement même pas venir à sa fête. C'était clair qu'il n'en avait rien à faire. Il demanderait peut-être à Kevin d'envoyer un clown à la soirée. Il était tellement à la masse qu'il penserait que ce serait approprié.

Tandis que les garçons entamaient un concours de rots, Teagan essaya de ne plus penser à son père en se concentrant sur la soirée. Elle imaginait les invités déjà rassemblés au country club, bavardant en buvant un verre. Ses amis et leur famille admiraient les fleurs, les verres de cristal et la porcelaine de Chine, s'émerveillant des goûts exquis de Teagan et de la somme investie. Elle savait qu'ils étaient en train de guetter son arrivée imminente, se demandant ce qu'elle porterait, rongés d'impatience. Dans moins de dix minutes, elle ferait son entrée. Le moment tant attendu approchait.

Alors pourquoi se sentait-elle complètement vide?

— Nerveuse? demanda Lindsee en remarquant son moment d'absence.

— Non, je sais que tout va être parfait, répondit Teagan.

— Y a intérêt, sinon tu leur fais un procès, non?

La voiture fit un bond et les garçons sursautèrent, retombant les uns sur les autres en riant. Teagan et Lindsee haussèrent les sourcils. Parfois, il était presque impossible de les distinguer.

— Oh! la vache! dit Christian en se redressant et

en essuyant une coulée de champagne sur son menton. L'une de vous, Mesdemoiselles, aurait-elle un miroir ?

Lindsee fouilla dans son sac et lui en tendit un. Christian inspecta son visage, arrangea une boucle rebelle, haussa un sourcil, puis l'autre.

— Pourquoi ne suis-je pas né riche plutôt que beau, dit-il avec un soupir. Puis il ricana : Mais, attendez ! Je suis les deux !

— Quel abruti !

Les garçons se mirent à se battre au fond de la banquette. Lindsee se glissa contre Teagan.

— Pourquoi restons-nous avec cette bande de crétins ?

— Parce qu'il n'y a personne d'autre ? suggéra Teagan à moitié sérieusement.

— Sympa, le caillou, dit Lindsee en regardant le nouveau collier de son amie.

— Merci.

Teagan tripota le petit cœur que Max lui avait offert et sourit quand celui-ci se dégagea de la mêlée pour ouvrir une troisième bouteille de champagne. Son cadeau était magnifique, mais bien moins que celui qu'elle allait lui faire un peu plus tard. Elle eut un haut-le-cœur en y pensant. Bon ou mauvais signe ? Elle était incapable de le dire.

— Allez, souris, princesse, dit Max en plantant un

baiser mouillé à moitié sur sa bouche, à moitié sur sa joue. C'est ton anniversaire !

— Tu as raison, dit Teagan.

Elle lui prit la bouteille des mains, se pencha en avant pour éviter d'arroser sa robe, et prit une longue gorgée. Si elle voulait être assez pintée pour faire le grand saut avec Max, autant commencer tout de suite.

— Joyeux anniversaire, moi ! dit-elle en levant la bouteille.

Ses amis l'acclamèrent tandis qu'elle reprenait une gorgée.

## Entretien avec Teagan Phillips
## Un anniversaire très spécial en perspective
## Transcription 2

**Journaliste : Melissa Bradshaw, rédactrice en chef**
*La Sentinelle de Rosewood*

MB : Ici Melissa Bradshaw, de nouveau en compagnie de Teagan Phillips, hôtesse de ce qui semble être en passe de devenir la soirée d'anniversaire dont on va le plus entendre parler. Teagan, si nous décidons de couvrir ta fête, acceptes-tu qu'un photographe du journal soit présent ?

TP : Et ce serait qui ?

MB : Eh bien, moi probablement.

TP : Missy ! Serais-tu en train d'essayer d'obtenir une invitation ? Parce que, comme je l'ai déjà précisé, tous ceux de terminale sont invités, et il me semble que tu es dans le lot.

MB : Je veux juste avoir ta permission de prendre nos propres clichés, pour être sûre que nous n'aurons pas à nous servir des mauvaises photos numériques de tes invités : elles seront sûrement très évocatrices, mais probablement pas de toute première qualité.

TP : Mais bien sûr que tu peux venir, et bien sûr que tu peux prendre toutes les photos que tu veux.

MB : Génial ! Merci.

TP : Tu te sens bien, Missy ? Tu as le visage un peu rouge. Ce n'est pas très gracieux, surtout pour quelqu'un de roux. Les filles dans ton genre devraient faire un travail sur elles-mêmes pour contenir leurs émotions. C'est doublement utile d'ailleurs, car cela empêche aussi les rides prématurées. J'ai vu ta mère l'autre jour. Tu sais, tu as de vrais handicaps génétiques... Il faudrait que tu commences à y penser...

MB *(s'éclaircissant la voix)* : Merci beaucoup pour tes conseils. Revenons à l'interview, d'accord ?

TP : Mais absolument !

MB : Bon. Alors, y aura-t-il de l'alcool à cette soirée ?

TP : Bien sûr ! J'ai commandé plusieurs caisses de Taittinger parce que, comme tu le sais, une fête sans bulles n'est pas une fête. Et il y aura également un open bar qui proposera tous les classiques. Évidemment, seuls les majeurs seront servis.

MB : Évidemment. *(Rires.)* Et y aura-t-il un thème à la soirée ?

TP : Oh, oui ! Haute couture ! J'ai pensé un moment choisir le thème Inde – tu sais, Bouddha, chakra, tout ça. Et puis ensuite je me suis dit : l'Inde est tellement passée de mode, tu vois ce que je veux dire ?

MB : Ouais, et je suis sûre que les Indiens seraient ravis d'entendre ça. Donc... Haute couture... C'est-à-dire ?

TP : C'est-à-dire que tout le personnel portera un uniforme noir signé Nicole Miller au lieu de l'éternel smoking. En plus, je leur ai prévu des lunettes de soleil Gucci. Ils vont avoir l'air tellement chic ! J'ai également engagé une douzaine de mannequins qui circuleront vêtues de modèles originaux Teagan Phillips.

MB : Teagan Phillips ?

TP : Oui. Je suis styliste.

MB : Vraiment ?

TP : Oui ! Je n'arrive pas à croire qu'une journaliste comme toi l'ignore !

MB : Et comment le saurais-je ?

TP : Oh ! j'ai juste gagné le prix de l'Association des jeunes stylistes des textiles de Pennsylvanie l'année dernière...

MB : Oh ! Le premier prix ?

TP : Mention honorable.

MB : Ah !

TP : Enfin bref. J'ai travaillé comme une folle pour que tous les modèles soient prêts pour la soirée.

MB : Beaucoup de couture, donc ?

TP : Oh, non ! Je n'ai rien cousu moi-même. J'ai confié les patrons aux troisièmes de la classe d'économie domestique. Elles travaillent dessus depuis Noël. Soit dit en passant, gérer une bande de filles de troisième n'est pas une mince affaire. Tu y crois, toi, qu'il y en a une qui n'a même pas de portable ?

MB : Non !!!!… Parle-moi un peu des mannequins. Comment les as-tu trouvées ?

TP : Eh bien, ça, ç'a été le plus difficile. Toutes les filles qui se sont présentées à la première audition étaient des grandes bringues d'un mètre quatre-vingts. Il était hors de question que je les laisse se balader au milieu de ma fête.

MB : Parce que… ?

TP : Parce que ça va être *ma* soirée. C'est moi qu'on doit regarder.

MB : Tu as donc engagé des mannequins moches…

TP : Mais non… et c'est là que ç'a été compliqué. Il a fallu que je trouve des filles qui soient *attirantes*, mais ni plus grandes, ni plus minces, ni plus jolies que moi. Ça m'a pris des *semaines*.

MB : Mais tu les as trouvées.

TP : Je les ai trouvées !

MB : Merci, mon Dieu.

# 6

Quatre valets en smoking attendaient la limousine qui remontait l'allée sinueuse bordée de fleurs du country club. Teagan regarda par la fenêtre la pelouse gorgée d'eau et les pétales flétris, et se remit à se massacrer les ongles. Ça ne ressemblait pas du tout à ce qu'elle s'était imaginé.

— Tu es prête ? lui demanda Lindsee.

La voiture s'arrêta et l'un des valets ouvrit la portière.

— Allez-y, dit Teagan. Je vais attendre quelques minutes.

— Pourquoi ? demanda Max. Tu ne veux pas être vue avec nous ?

— Ouais, tu te prends pour la reine d'Angleterre ?

Les yeux de Teagan brillèrent. Comment pouvaient-ils être aussi stupides ? Pensaient-ils vraiment que l'invitée d'honneur pouvait arriver ainsi perdue au milieu de la foule ? Combien de fois leur avait-elle parlé de sa grande entrée ?

— C'est ma soirée, dit-elle d'une voix tranchante. J'arrive seule.

Max soupira.

— Très bien, dit-il en sortant protégé sous un parapluie.

— Lindsee ! Attends ! Prends ça et mets-le dans la suite nuptiale.

Teagan lui tendit son grand sac noir. Elle avait insisté pour que le club mette à sa disposition la suite la plus vaste et la plus chic.

— OK, dit Lindsee en attrapant les affaires. Bonne chance !

Max offrit sa main à Lindsee et ils se blottirent sous un parapluie, courant presque pour parcourir le dallage qui les séparait de l'auvent. Les deux autres garçons suivirent, Christian toujours accroché au col d'une bouteille. Teagan attendit qu'ils soient tous à l'intérieur et commença à compter.

*Un... Deux...*

— Vous venez ? demanda l'un des valets.

Il avait son âge et fréquentait probablement un lycée public de la région.

— Dans une minute, dit-elle sèchement. Vous pourriez peut-être fermer la portière avant que j'attrape une pneumonie.

Le gosse eut un sourire moqueur et la claqua tellement fort que tout le véhicule trembla. Teagan en resta bouche bée. Ce gamin était vi-ré.

*Où en étais-je ? Ah, oui. Trois… Quatre…*

Malgré l'anticipation et les battements frénétiques de son cœur, Teagan compta consciencieusement jusqu'à cent. Elle savait que plus elle prendrait son temps, plus les murmures dans la salle s'amplifieraient. Quand elle eut fini, elle fut prise de nausées. Elle ne s'était jamais sentie aussi nerveuse. Mais, bien sûr, elle n'avait encore jamais connu de «nuit-la-plus-importante-de-sa-vie». Il fallait que tout soit parfait. Elle massacrerait quelqu'un si tout ne se déroulait pas comme prévu.

Enfin, Teagan inspira un grand coup et frappa la vitre. La portière s'ouvrit de nouveau et elle posa sur l'asphalte sa précieuse Jimmy Choo bleu et argent à bride, s'assurant qu'elle avait un bon appui avant de s'extirper de la voiture. Le futur viré ferma la portière derrière elle et l'escorta jusqu'à l'entrée. Teagan avançait précautionneusement, prenant garde à ce que ses talons de dix centimètres ne s'enfoncent pas dans la terre molle entre les dalles. La progression fut lente et, au moment où elle atteignit l'auvent, elle sentit sur sa peau une fine pellicule de sueur.

— Amusez-vous bien ! dit l'insolent sur un ton sarcastique.

Teagan lui jeta un regard foudroyant en guise de réponse.

Les portes s'ouvrirent devant elle et elle pénétra dans le hall.

— Bonsoir, Mademoiselle Phillips, dit l'un des deux portiers pour l'accueillir.

Teagan l'ignora. Elle pouvait entendre la rumeur confuse des voix dans la salle de réception, de l'autre côté de la porte à double battant qui lui faisait face. Le volume de la musique était encore suffisamment bas pour qu'on puisse entendre de l'entrée le tintement du cristal sur les plateaux d'argent. Teagan ôta sa veste et la tendit à l'un des portiers, laissant l'air conditionné la rafraîchir. Elle frissonna un peu mais se réjouit de sentir la sueur sur ses bras sécher d'un coup.

— Mademoiselle Phillips ! Joyeux anniversaire !

George Lowell venait d'entrouvrir la porte et de se glisser entre les deux battants, prenant garde à ce que personne ne puisse rien voir d'un côté comme de l'autre.

Teagan faillit éclater de rire en le voyant, puis se rappela que c'était elle qui avait choisi sa tenue. Il avait l'air un peu engoncé et on pouvait deviner ses pectoraux – pas mal pour un vieux –, mais aussi les rondeurs de son ventre. Combinaison malheureuse. Comme d'habitude, sa moustache grise était parfaitement taillée et son crâne chauve brillait comme s'il avait été ciré.

— Vous êtes magnifique, mademoiselle Phillips. Si vous vous voulez bien me suivre, nous allons vous préparer pour votre grande apparition.

Il lui tendit son bras et Teagan le prit. Ensemble, ils contournèrent la salle de réception. Alors que la plupart des invités étaient entrés par une porte de côté, Teagan arriverait par la grande porte centrale.

— Merci, répondit-elle.

Elle passa ses mains derrière son dos pour s'empêcher de s'abîmer les ongles.

— Dois-je annoncer à M. Beckford que vous êtes arrivée ?

— Et pourquoi donc ? demanda-t-elle d'une voix sèche tandis que son cœur se mettait à battre la chamade.

Lowell cligna des yeux, confus.

— Je croyais qu'il devait vous annoncer…

— Oh, bien sûr ! dit Teagan. Oui, s'il vous plaît, dites à M. Beckford que je suis arrivée.

— Bien, tout de suite, Mademoiselle. Bonne chance !

Le directeur du club se glissa par la petite porte. Le murmure des voix enfla lors de son passage. Les gens rassemblés à l'intérieur étaient familiers de ce genre d'événement et savaient que le retour de Lowell annonçait l'arrivée imminente de l'invitée d'honneur. Teagan se concentra sur sa respiration. Il lui sembla qu'une éternité s'était écoulée lorsque Stephen prit le micro :

— Mesdames et messieurs, puis-je avoir votre attention, s'il vous plaît ?

En entendant sa voix, Teagan sentit des frissons parcourir sa peau, mais c'était juste parce qu'il était sur le point de l'annoncer.

— Le moment que nous attendions tous est arrivé...

Y avait-il une touche de sarcasme dans son ton, ou bien l'inventait-elle ?

— Mesdames et messieurs, notre hôtesse, la reine du jour, Teagan Phillips !

*On y est*, songea Teagan. *Vas-y tranquille. Ne trébuche pas. Prends bien soin de laisser aux photographes tout le temps qu'il leur faut.*

Les portes devant elle s'ouvrirent d'un coup, et Teagan s'avança sur l'estrade, prenant la pose. La pièce, bondée, fut parcourue de cris et d'exclamations si intenses qu'elle eut l'impression d'être Beyoncé montant sur scène. Un spot blanc descendit sur elle, l'aveuglant un instant, mais elle sut en entendant les acclamations que tout le monde était venu lui rendre hommage.

Tandis qu'elle se pavanait le long du podium, Teagan se concentra sur la démarche qu'elle avait répétée des milliers de fois. Le menton en avant, les mains se balançant légèrement, les hanches roulant d'avant en arrière. Tout autour de la passerelle, dans des zones délimitées par des cordons, se trouvaient les photographes professionnels et quelques-uns de ses amis qui avaient reçu la permission spéciale d'approcher avec leurs appareils numériques. Le nombre d'éclairs de flashes rivalisait avec celui du tapis rouge des oscars. Elle aperçut Missy, du journal de l'école, très occupée à la mitrailler. Quelques types des journaux locaux avaient eu l'immense privilège d'être placés en bout de podium, et M. Brioche lui-même était pile en face d'elle.

Teagan sourit largement quand ses yeux s'accoutumèrent à la lumière, et elle put voir les invités agglutinés dans la salle, épaule contre épaule dans leur smoking et robe de soirée. Tant de regards admiratifs braqués sur elle ! Max, Lindsee et d'autres amis de l'école, dans la foule près du bar, criaient et applaudissaient.

La salle était spectaculaire. D'énormes fleurs blanches semblaient jaillir des pots de marbre placés le long des murs. Les lys sur les tables étaient magnifiques et les couverts bleu clair et blanc exquis. Des bougies avaient été disposées un peu partout dans la pièce, vacillant gaiement dans la lumière douce, et les cartes bleu et or au nom des invités étaient accrochées au dos des chaises par un ruban bleu. Les noms avaient, bien sûr, été écrits à la main par un calligraphe professionnel, tout comme les menus sur chaque table. Un paquet de fins chocolats belges était placé au centre de chaque assiette – présent que les invités pourraient avaler avant le gâteau d'anniversaire ou emporter chez eux pour les savourer tranquillement.

Le personnel circulait dans la pièce avec des beignets de crevette, du saumon en croûte et des côtes d'agneau au vin. Les serveuses étaient vêtues de minijupes noirs et de hauts bain de soleil noirs ; quant aux hommes, ils portaient des tee-shirts moulants en Lycra et de souples pantalons noirs. Ils avaient tous les mêmes lunettes de soleil Gucci et leurs cheveux avaient été lissés en arrière. Pour des larbins, ils avaient l'air *très*[1] chic.

À l'autre bout de la pièce, les portes-fenêtres étaient tendues de draperies bleues et vertes – assorties à la robe de Teagan, naturellement – qui tombaient gracieusement jusqu'au parquet et dont certaines avaient été tirées jusqu'aux tables. Le long des fenêtres étaient installés tous les experts de la mode que Teagan avait engagés. Un coloriste assis derrière une table recouverte de nuanciers de couleurs et d'échantillons de vêtements se tenait prêt à aider les convives qui le souhaitaient à déterminer leur saison de référence. Un visagiste, grâce à son appareil photo

1. En français dans le texte.

numérique et à son ordinateur portable, prendrait chaque intéressé en photo pour lui montrer ce dont il aurait l'air avec un autre style de coiffure ou une autre couleur de cheveux.

Deux types d'un salon de tatouage du centre-ville pouvaient réaliser des tatouages temporaires ou – ça, c'était ce que Teagan préférait – des piercings, derrière un rideau blanc, bien sûr. Ricco Durazo, qui se tenait à côté de son stand, un grand sourire aux lèvres, avait réalisé le piercing au nombril de Teagan l'été précédent, et celle-ci croyait dur comme fer que toute personne au ventre plat devrait en avoir un. *Uniquement* les gens avec un ventre plat...

Mais le clou du spectacle, c'était les mannequins Tandis que Teagan prenait la pose au bout du podium, elle les voyait évoluer autour de la pièce, dans les tenues originales qu'elle avait dessinées. Aux coins de la piste de danse, d'autres modèles perchés sur des petits podiums posaient pour les invités.

Tout était exactement comme Teagan l'avait imaginé. Rien à voir avec une stupide et puérile soirée avec cracheur de feu et cochon à la broche – une nuit de pure élégance. *Prends ça, Shari Marx.* Elle commençait juste à savourer son triomphe quand elle réalisa qu'elle s'était peut-être réjouie un peu trop vite.

Parce que... attendez une minute... Qui avait semé des confettis argentés sur les nappes blanches ?

Elle n'avait pas demandé ça. Ça faisait tellement ringard... Et ces lumières clignotantes qui pendaient du plafond? On était où? À une boum? Et... personne ne buvait de champagne... Elle aurait voulu voir des centaines de verres remplis de bulles levés à son arrivée. Où étaient les Taittinger? Chaque table était censée avoir sa bouteille glacée.

— N'est-elle pas ravissante, mesdames et messieurs? dit Stephen.

Les applaudissements se firent plus forts, cependant Teagan lança un regard meurtrier à Stephen en exécutant son tour final. Il n'y avait aucun doute sur l'ironie cette fois.

Teagan posa enfin les yeux sur son père qui l'attendait, en smoking, au pied des marches du podium. Ses cheveux bruns avaient été coupés récemment et parfaitement coiffés. Comme toujours, il était d'une beauté james-bondesque. Pendant un millième de seconde, Teagan se sentit presque heureuse de le voir là, mais au même moment elle aperçut Karen. Karen, le bras passé autour de celui de son père, applaudissant poliment l'arrivée de Teagan, la regardant avec fierté. En les voyant là tous les deux, se tenant comme s'ils étaient ses parents, comme si Karen était sa *mère*, Teagan faillit manquer la première marche. Son estomac et son cœur se nouèrent, mais elle retrouva son équilibre et évita la culbute sans que personne, à part les personnes très proches, ne remarquent quoi que ce soit.

*Pour qui se prend-elle ?* pensa Teagan.

Le pire, c'était sa tenue. Elle ne portait pas, comme l'avait craint Teagan, l'horrible sac à patates dans lequel elle l'avait vue le matin. Non. C'était bien pire. Elle portait une robe noire de chez Armani, qui collait son corps exactement aux bons endroits. Ses cheveux étaient tirés en arrière en un chignon lisse et deux diamants brillaient à ses oreilles. En un mot, elle était ravissante.

*Ma future belle-mère n'est pourtant pas censée avoir l'air plus sexy que moi !*

Teagan regarda son père et vit immédiatement son air désapprobateur. Il l'examinait comme si elle le décevait énormément. Oh, mon Dieu ! Elle le savait ! Elle était énorme dans cette robe ! Tellement plus grosse que sa si parfaite, si jolie fiancée. Dès qu'elle serait chez elle, elle balancerait le stupide miroir de sa chambre. Il était beaucoup trop flatteur. Elle avait besoin de savoir de quoi elle avait *vraiment* l'air avant de sortir de chez elle.

*Ce n'est pas possible*, se dit-elle tandis que les applaudissements s'éteignaient. Les scintillements, les lumières, sa belle-mère allumette… Et – Oh, mon Dieu ! – était-ce bien cette nulle de Shari Marx là-bas, près de la piste de danse, avec exactement les *mêmes* Jimmy Choo qu'elle avait mis des mois à trouver? Ses mains se fermèrent pour former deux poings serrés.

— Et maintenant, il est temps de faire la fête! cria Stephen au moment où Teagan posait le pied sur le sol de la salle de réception.

Incroyable. Elle l'avait engagé parce que, justement, il était censé ne pas être du genre DJ de barmitsva. Est-ce qu'il le faisait exprès pour l'énerver? Si oui, c'était réussi.

Stephen monta le son pour passer un tube dance récent et des exclamations retentirent tandis que la foule se dissolvait en petits groupes, bavardant et riant. Au moins une demi-douzaine de personnes se ruèrent sur Teagan, l'embrassèrent sur les joues et lui crièrent «bon anniversaire» et «tu es magnifique» à l'oreille pour couvrir la musique. Les tympans de Teagan explosèrent et elle sentit ses tempes battre. Ses mains furent bientôt pleines d'enveloppes qu'on lui glissait et ses narines furent envahies par une centaine de parfums et d'eaux de Cologne différents. Des cheveux saturés de spray lui fouettèrent le visage et une fleur d'organza particulièrement raide lui griffa le bras. Nauséeuse, Teagan n'essayait même pas de sourire. À travers la confusion, elle put voir ses amis commencer à chauffer la piste. Et elle, à cet instant, elle n'avait qu'une envie: mettre le feu à cet endroit.

— Ma chérie! Joyeux anniversaire! s'exclama son

père quand la foule fut enfin assez clairsemée pour qu'il puisse l'approcher.

Il parvint à se composer un sourire et l'attira dans ses bras. Teagan lui tapota le dos en retour à contre-cœur, s'efforçant de contenir les larmes de colère et de déception qui lui montaient aux yeux.

— C'est bon, papa, dit-elle en le repoussant.

— Qu'est-ce qui se passe? lui demanda son père, le visage inquiet.

Teagan jeta à Karen un regard de travers.

— Oh, rien! répondit-elle d'un ton mordant. J'ai besoin d'un verre.

*Et j'ai besoin de ne plus voir ma future belle-mère jusqu'à la fin de la soirée*, songea-t-elle en fonçant vers le bar. Elle longea la piste de danse où Max, Lindsee, Marco, Christian et quelques autres, déjà bien imbibés d'alcool, tentaient maladroitement quelques pas de danse, et se faufila entre les spectateurs. Heureusement, la plupart d'entre eux eurent la présence d'esprit de s'écarter sur son passage, car à ce stade d'exaspération, elle aurait pu être violente. Elle voulait mettre le plus de distance possible entre elle et ses «parents».

— Teagan! Joyeux anniversaire! l'interpella l'un des collègues de son père en lui tendant une enveloppe. Elle la lui arracha des mains et poursuivit sa route sans lui accorder un regard.

— Tu es ravissante, ma chérie, lui dit la mère de Lindsee en lui glissant elle aussi une enveloppe.

*Ouais, c'est ça*, pensa Teagan en jetant un coup d'œil aux yeux liftés et aux fesses «liposucées» de Mme Hunt. *Je parie que tu as trop hâte d'être dans ta voiture pour pouvoir me démolir.*

Elle se prit les pieds dans la traîne de la robe d'une vieille et trébucha sur quelques pas. Se rattrapant à une chaise, Teagan parvint à se redresser tout en jurant entre ses dents. La tête lui tournait – elle ne tenait pas bien le champagne. Mais ça ne suffisait pas à émousser sa rage. Pour ça, elle allait avoir besoin de quelque chose de plus fort.

Elle atteignit enfin le bar au fond de la salle et fit claquer son paquet d'enveloppes sur le comptoir.

— Qu'est-ce que je vous sers? demanda le serveur avec un grand sourire.

— Une vodka-orange.

Le sourire du barman s'élargit.

— Je peux vous servir un *jus* d'orange.

— Quoi?! s'exclama Teagan d'une voix sèche.

Elle eut envie de sauter par-dessus le bar, d'attraper cette crevette par le revers de son veston et de l'envoyer valser dans ses bouteilles.

— Pas d'alcool ce soir, Mademoiselle. Désolé.

— Oooh, non! ça m'étonnerait! dit Teagan d'une voix suraiguë. J'ai commandé l'open bar pendant cinq heures. J'ai moi-même vérifié la liste du stock.

— Eh bien, il semble que quelqu'un ait modifié vos directives, répondit le barman en haussant les épaules d'un air blasé, ce qui eut le don de rendre Teagan encore plus hystérique. Tout ce que j'ai, ce sont des sodas, du cidre, des jus de fruits et de l'eau.

— Mais qu'est-ce que vous racontez ? hurla Teagan.

— Ce sont les règles, dit-il, s'amusant visiblement de la situation.

Teagan écrasa quelques enveloppes dans ses poings. Ses narines palpitaient quand elle se retourna, cherchant George Lowell du regard. Quelqu'un allait devoir payer pour ça. Et la note allait être salée.

## Entretien avec Teagan Phillips
## Un anniversaire très spécial en perspective
## Transcription 2 (suite)

**Journaliste :** Melissa Bradshaw, rédactrice en chef
*La Sentinelle de Rosewood*

MB : Tu as dit que tu n'invitais ton père que parce qu'il payait. Doit-on comprendre que vous avez une relation tendue ?

TP : Je n'ai pas dit ça !... Et je l'aurais dit quand ?

MB : Je vais retrouver ce détail dans la transcription de notre premier entretien. *(Bruits de papiers.)* Ah ! voilà ! Je t'ai demandé s'il y aurait des gens de ta famille à ta soirée, et tu as répondu – je cite : «Uniquement mon père et sa fiancée. Et seulement parce que c'est lui qui paie.»

TP : Bon, eh bien, tu ne peux pas imprimer ça.

MB : Désolée, mais c'est trop tard.

TP : Mon père et moi nous entendons bien. Et si tu écris le contraire, je traîne en justice ton *[censuré]* de journal pour diffamation.

MB : Sais-tu ce que *diffamation* veut dire ?

TP : *Missy*, le prendrais-tu de haut ?

MB : Tu es un peu obsédée par les apparences, non ?

TP : Pardon ?

MB : Je veux dire, tu es clairement en train de mentir à la presse sur tes sentiments vis-à-vis de ton père. C'est si important pour toi que le lecteur de *La Sentinelle* pense que tu as une vie de famille parfaite ?

TP : Pour qui tu te prends ? Nous sommes censées parler de ma soirée, pas de ma relation inexistante avec mon père !

MB : Tu admets donc que votre relation est inexistante.

TP *(désordre)* : Ça suffit ! Cet entretien est terminé. Et tu peux te brosser pour ta carte d'accès ! *(Porte qui claque.)*

MB : Bon, c'était plutôt amusant.

Fin de la deuxième cassette.

# 7

Teagan vit son père surgir de la foule, avec Karen qui trébuchait à sa suite comme un petit chien. Cette bonne femme avait beau être magnifique, elle était manifestement incapable de se tenir sur des hauts talons Prada. Teagan plissa les yeux en les voyant approcher. Bien qu'elle n'ait pas du tout envie de les voir, ils conviendraient parfaitement pour qu'elle décharge son envie de crier.

— Je n'y crois pas! Les abrutis! cria-t-elle. Il n'y a pas d'alcool!

Un couple d'un certain âge s'écarta avec un air désapprobateur. Grâce à la musique de Stephen, aux conversations animées et aux rires qui fusaient dans la pièce, personne ne l'entendit hurler.

Son père arriva à sa hauteur et referma ses deux mains sur les bras de Teagan. Sa poigne était ferme, comme s'il espérait pouvoir la maintenir au cas où un tremblement de terre se déclarerait. Pendant une seconde, Teagan se sentit d'ailleurs rassurée par sa solide présence. Car, à ce moment, entre sa colère et l'effet de l'alcool sur son estomac vide, la pièce semblait vraiment tourner.

— Je sais, mon chou, dit son père. J'ai appelé George Lowell cet après-midi pour annuler l'open bar.

Teagan eut l'impression que son père venait de la gifler. Elle n'aurait pas été plus choquée.

— *Quoi??* hurla-t-elle.

Cette fois-ci, une douzaine de personnes se retournèrent pour voir ce qui se passait. Chaque visage stupéfait humiliant un peu plus Teagan.

*Ce-N'est pas-Possible.*

— Je suis désolé, chérie. C'est juste qu'un open bar à une soirée où la majorité des invités sont mineurs ne m'a pas paru convenable, expliqua son père. Je n'ai pas arrêté de t'appeler toute la journée, mais chaque fois je suis tombé sur ton répondeur.

Teagan commença à labourer ses paumes de ses ongles. Sa vue se brouilla. Sa peau brûlait comme si elle s'était endormie sous les lampes à UV de Michel sans protection solaire. Elle avait déjà piqué un certain nombre de crises ces dernières années. Elle était la reine des caprices. Régulièrement, quelque chose la mettait tellement en colère qu'elle explosait. Mais à cet instant elle sentit qu'elle n'avait *jamais* été aussi furieuse de sa vie.

— Mais... pour qui... tu te prends? siffla-t-elle entre ses dents en regardant son père droit dans les yeux.

Karen sursauta, son père pâlit.

— Je te demande pardon?

— Tu m'as très bien entendue, gronda Teagan. Ça fait *des mois* que je prépare cette soirée. *Des mois!* Et toi tu débarques de je ne sais où alors que je ne t'ai pas vu depuis deux semaines et tu bousilles tout en un après-midi! Est-ce que tu te rends compte de ce que tu viens de faire? Toute mon école est là. Tout le monde va se moquer de moi derrière mon dos. Je vais être nommée looser d'or!

Son père mit un peu de temps à reprendre ses esprits. C'est en tremblant qu'il lui dit:

— Teagan, je suis ton père. Comment oses-tu me parler sur ce ton?

— Et toi, comment oses-tu te prétendre mon père? répliqua Teagan, les yeux brillants de larmes. (Elle savait en prononçant ces paroles que c'était une terrible chose à dire, mais à cet instant elle s'en fichait complètement.) Si tu l'étais vraiment, tu ne m'aurais jamais fait une chose pareille.

Là-dessus, elle fit demi-tour et heurta violemment une serveuse en minijupe. L'énorme plateau d'argent qu'elle transportait pencha et percuta Teagan au visage. Elle sentit quelque chose de lourd et d'humide s'écraser sur elle et dégouliner, froid et gluant, dans son décolleté. Une pluie de crevettes arrosa le plancher autour du bar.

— Oh, non ! Je suis tellement désolée !

Teagan rouvrit les yeux et vit rouge. Rouge comme la sauce cocktail répandue sur le devant de sa robe Vera Wang sur mesure. La sauce ruissela jusqu'à l'ourlet et une énorme goutte s'écrasa sur son orteil fraîchement verni, éclaboussant les brides de ses Jimmy Choo ridiculement chères. Le liquide épais glissa entre ses seins et le long de son estomac jusqu'à son string La Perla.

Karen se jeta sur Teagan avec une pile de serviettes en papier. Celle-ci recula en trébuchant, pour échapper à Karen, tout en regardant la serveuse dans les yeux. Elle avait un air familier. Comme si Teagan l'avait déjà vue dans un film ou en photo, mais elle était trop énervée pour s'éterniser sur cette impression.

— Je suis tellement désolée, dit la femme en ôtant ses lunettes Gucci. C'est à cause de ces lunettes ridicules qu'on nous a demandé de porter... On n'y voit rien !

Teagan frémit des pieds à la tête. Non seulement cette femme venait de détruire sa robe et de la ridiculiser devant ses invités, mais en plus elle se permettait de dire qu'elle était stupide de vouloir que le personnel ait l'air à peu près présentable ? Mais, enfin, elle n'était qu'une *employée* !

— Je vais vous faire virer ! grogna-t-elle.

George Lowell apparut comme par enchantement.

— Oh, mademoiselle Teagan ! Quelle honte ! Je suis désolé ! lui dit-il en secouant la tête. Venez avec moi, je vous emmène à votre suite et nous allons voir ce que nous pouvons faire.

Teagan jeta un coup d'œil autour d'elle et aperçut plusieurs connaissances de Rosewood. Certains la regardaient avec des yeux amusés, d'autres une main sur la bouche, en état de choc. Mademoiselle On-S'en-Tape-de-Comment-Elle-S'Appelle la mitraillait tellement avec son appareil photo que le flash faisait stroboscope. Lowell avait raison. Il fallait qu'elle sorte d'ici, et vite.

Il fit un pas de côté et ouvrit les bras, la laissant filer la première. Teagan baissa la tête, ses cheveux masquant son visage. Dès qu'elle se retrouva hors de vue dans le hall désert, elle fourra son pouce dans sa bouche et commença à se mordiller l'ongle. C'était ça ou pleurer. Et pleurer était hors de question. Bonjour la manucure…

— Teagan ! appela son père.

— Michael, laisse-la, dit Karen d'un ton calme. Il vaut mieux qu'elle reste quelques minutes toute seule.

*Tu ferais mieux de l'écouter*, pensa Teagan en longeant le couloir jusqu'à la porte de la suite nuptiale qu'elle ouvrit brutalement. *Si je te vois débarquer ici, je ne réponds pas de mes actes.*

Teagan était folle de rage. Une rage aveugle et irrationnelle. Une fois la porte refermée derrière elle et George Lowell, elle se retourna contre lui telle une tornade.

— J'exige que cette serveuse soit virée à la seconde ! cria-t-elle. Et pareil pour le petit crétin aux allures de minet qui m'a escortée à l'entrée. Je ne sais pas où vous trouvez votre personnel, mais c'est pire que dans un fast-food, ici.

— Mademoiselle Phillips, je vous en supplie, calmez-vous, dit Lowell en levant les mains en signe d'apaisement.

Il ne recula nullement ni ne perdit contenance, ce qui énerva Teagan encore plus.

— Je me calmerai une fois que vous les aurez virés à coups de pied aux fesses, coupa-t-elle. Vous avez une idée du prix de cette robe ? Elle vaut plus que ce que vous vous faites en un mois.

Lowell eut la décence de pâlir.

— C'était un accident, mademoiselle Teagan. Ça arrive. Je…

— Qu'est-ce que vous faites encore là ? hurla presque Teagan. OK ! Je vais vous coller un procès ! J'appelle mon avocat immédiatement.

Teagan n'avait évidemment pas d'avocat, mais

Lowell l'ignorait. Elle trouva son sac sur la coiffeuse dans lequel elle se mit à farfouiller en quête de son téléphone. Littéralement aveuglée par la colère, elle n'arrivait pas à mettre la main dessus, ce qui ne fit qu'accroître sa frustration.

— Mademoiselle Phillips, je vous en prie. Je vais aller parler à la serveuse, dit finalement George Lowell. Pendant ce temps, s'il vous plaît, essayez de vous calmer. Je reviens tout de suite pour vous aider à vous nettoyer.

Dès qu'il se fut glissé hors de la pièce, Teagan éclata en sanglots. Elle ne pouvait plus se retenir. Devant le miroir à trois faces, elle se vit vaciller en trois exemplaires, l'énorme tache comme une balafre sanglante sur son corps. C'était un cauchemar. Ça ne pouvait être qu'un cauchemar.

Teagan attrapa une boîte de mouchoirs sur la coiffeuse et en sortit une poignée. Écartant le décolleté de son corps, elle se mit à essuyer sa peau tachée. Elle récolta au moins une demi-tasse de sauce cocktail qu'elle jeta en grimaçant vers la corbeille, ratant sa cible de plusieurs kilomètres. Sa poitrine se soulevait tellement qu'elle crut qu'elle allait vomir. Sa robe – sa ravissante robe spécialement faite pour ses seize ans – était bel et bien fichue. Mais qu'est-ce qu'elle avait fait pour mériter ça ?

— OK, ça suffit, dit Teagan à voix haute quand elle

se rendit compte de la direction que prenaient ses pensées.

Elle respira un grand coup et se passa les doigts sous les yeux. Il n'était pas question qu'elle se lamente sur son sort. Il n'était pas question que quelqu'un voie qu'elle avait pleuré.

Teagan s'examina dans la glace. Qu'est-ce qu'elle était censée faire maintenant ? Elle ne pouvait pas retourner à sa fête comme ça. Elle ne pouvait pas non plus s'avouer vaincue et rentrer chez elle, malgré l'appel puissant de sa couverture en cachemire.

L'inspiration aidant, Teagan ne tarda pas à trouver un plan. Elle fouilla son sac calmement cette fois et en sortit son téléphone. Quand elle se rendit compte qu'il était éteint, elle fit une courte pause. Elle avait dû oublier de le rallumer après sa séance chez Michel. Dès qu'elle l'eut mis en marche, il bipa joyeusement, lui annonçant plusieurs messages. Apparemment, son père avait bien essayé de l'appeler toute la journée. Comme si elle en avait quelque chose à faire ! Elle pressa la touche de raccourci qui appelait directement le téléphone de la cuisine.

— Mademoiselle Teagan ! Comment se passe la fête ? demanda Mme Natsui.

— Un désastre. Il faut que vous veniez m'apporter des robes, dit Teagan en marchant de long en large devant le miroir.

— Quoi ? Mais… et votre ravissante robe bleue… ?

— Bon, vous avez un stylo ? coupa Teagan avec impatience.

Il y eut une seconde de silence.

— Oui, Mademoiselle.

— Parfait. Apportez-moi la Moschino rose, la Vivienne Tam bleue et la Gaultier à fleurs. Vous avez compris ?

— Oui, mademoiselle Teagan, répondit Mme Natsui.

Teagan regarda ses chaussures et soupira.

— Je vais aussi avoir besoin de mes sandales Mizrahi argentées et des chaussures à talons roses que j'ai achetées à New York le mois dernier.

— Bien, mademoiselle Teagan.

— Demandez à Jonathan de vous accompagner en voiture le plus vite possible, dit Teagan. Et enveloppez tout dans du plastique, il pleut.

— Je sais, mademoiselle Teagan, dit Mme Natsui, dont la voix était décidément un peu moins douce que d'habitude.

Qu'est-ce qu'ils avaient tous, aujourd'hui ?

La réponse de Mme Natsui fut ponctuée d'un éclair de lumière et d'un grondement de tonnerre. Teagan lui raccrocha au nez.

Teagan jeta son portable dans son sac qu'elle glissa sur son épaule. Maintenant qu'elle était passée à l'action, ses larmes avaient complètement séché. Bon, le problème de sa tenue était réglé. Il lui restait à trouver de l'alcool. Elle savait qu'il y en avait quelque part, et son sac était assez grand pour qu'elle puisse faire venir en fraude quelques bouteilles. Son père n'aurait pas le dernier mot dans cette histoire. Il n'était absolument pas question qu'elle finisse cette soirée sans avoir la tête qui tourne. Elle était censée coucher avec son mec ce soir ! Son cher vieux père n'avait aucune idée de ce que son coup de téléphone au club avait gâché.

Retenant son souffle, Teagan se glissa dans le couloir et s'éloigna de la salle de bal. Elle se rappelait vaguement la visite guidée du club qu'elle avait faite avec son père quelques années plus tôt et l'incroyable cave à vins qui abritait d'admirables bouteilles. Les vodkas et whiskys étaient probablement sous clé quelque part, mais on n'avait sûrement pas pensé que Teagan et ses amis pourraient aller à la pêche au vin rouge. En fait, elle comptait très fort là-dessus.

Assez vite, le couloir partait dans deux directions. Aux murs, les appliques tremblaient à chaque battement de basse explosant des baffles de Stephen. Des acclamations venaient de la salle de réception. Apparemment, on s'amusait très bien sans elle. Eh bien, plus pour longtemps. Teagan choisit le couloir de droite en espérant qu'elle ne s'était pas trompée. Elle faillit sautiller de joie quand elle arriva devant une porte où une pancarte indiquait «Cave à vins».

*Ha! ha! Tu pensais pouvoir me gâcher ma soirée!* se dit Teagan en pensant à son père et à son air si content de lui. Elle pria silencieusement en tendant la main vers la poignée. Alléluia! La porte s'ouvrit, laissant échapper un courant d'air froid qui sentait le renfermé.

Teagan tourna l'interrupteur, mais rien ne se produisit. Elle le tripota quelques instants, en vain. Laissant échapper un soupir agacé, elle s'avança sur la première marche de bois et referma la porte derrière elle, plongeant dans une obscurité totale. *Il y a forcément une autre lampe en bas*, se dit-elle en tremblant. Elle coinça son sac sous son bras et commença sa descente. Les marches gémissaient dangereusement chaque fois qu'elle y posait précautionneusement un pied. Une planche lui sembla ployer sous son poids. Incroyable. Elle n'était pas si grosse que ça... Ce stupide club ne pouvait donc pas s'offrir un escalier convenable pour sa précieuse cave?

Il n'y avait pas de rampe, si bien que Teagan s'équilibra de ses deux bras tendus, plissant les yeux en espérant percer l'obscurité.

*Ce n'est pas possible que ça se passe comme ça*, pensat-elle en retenant son souffle. *Ma vie est vraiment pourrie. Je n'ai pas de mère, mon père me déteste, et j'en suis réduite à faire une descente dans une cave à vins obscure pendant la nuit la plus importante de ma vie. Le monde est contre moi. Mon père, Karen, cet abruti de George Lowell. Je parie que cette saleté de serveuse a fait exprès de me rentrer dedans. Elle était sûrement jalouse et voulait me gâcher ma soirée. J'espère qu'elle va pleurer quand il va la virer. J'espère qu'elle va supplier, prier...*

Teagan sentit le talon de sa chaussure se coincer, sans pouvoir empêcher son autre pied de partir en avant. Son estomac se tordit quand, essayant de se rattraper à quelque chose, ses mains ne rencontrèrent que le vide. Elle bascula vers l'avant, dégringolant dans les ténèbres. On entendit un grand crac ! et Teagan n'eut même pas le temps de se demander s'il provenait des marches, de son talon ou bien de sa cheville qui se cassait en deux. En effet, une seconde plus tard, après avoir poussé un cri que personne n'entendit et dévalé les huit dernières marches, sa tête si soigneusement coiffée heurta le sol en béton.

Tandis que Stephen persistait et signait avec son groove parfait dans la salle de réception, Teagan Phillips gisait, immobile, sur le sol froid de la cave.

Edito/Opinions

# La plus grande affaire de l'année?

## Laissez-moi rire.

Teagan Phillips fête ses seize ans. Ça vous dit quelque chose? Ouais. C'est bien ce qui me semblait. On n'entend parler que de ça en ce moment. Les gens en discutent en salle d'informatique. Dans les vestiaires. Dans la salle des élèves. Au centre commercial. Au rayon surgelés du supermarché. Que vont-ils mettre? Avec qui vont-ils y aller? Que vont-ils offrir à la reine de la soirée?

Je vous le demande, chers amis étudiants: comment en sommes-nous arrivés là? Est-ce que nous, jeunes gens intelligents, qui serons bientôt des membres actifs de notre société, n'avons rien de plus important à débattre? Le monde ne tourne pas autour de Teagan Phillips. Nos vies ne tournent pas autour de Teagan Phillips. Cette *école* ne tourne pas autour de Teagan Phillips. Allons, franchement! Elle n'est même pas sympathique! Elle ne mérite vraiment pas que nous parlions d'elle et flattions son ego. Par contre, ce qui ne lui ferait pas de mal, c'est un bon coup de Bottin sur la tête. Peut-être que ça la réveillerait et qu'elle se rendrait compte que vivre uniquement pour sa fête est tout simplement pathétique.

Mais *vous-même* qui ne vivez que pour *sa* soirée, quelle opinion avoir de vous? Flippant, hein? Réfléchissez-y.

Je vous suggère de ramener vos fesses dans le hall de l'école, de consulter les panneaux d'affichage et d'y trouver une activité digne de ce nom qui vaille le coup que vous y consacriez votre temps. Il y a une conférence donnée par Amnesty International après les cours mardi. L'équipe féminine de hockey sur gazon joue en finale du championnat régional ce week-end. Rama Gupta et Akiko San participent *tous les deux* au concours national de piano de Harrisburg la semaine prochaine. Il s'agit de *vraies* personnes avec de *vrais* talents. Des gens qui valent qu'on se mobilise. J'espère commencer à entendre parler d'eux dans les couloirs, au lieu d'une certaine demoiselle pourrie gâtée que je ne mentionnerai plus de façon à court-circuiter dès maintenant cette folie.

Merci de votre attention.
Ariana Metz
Troisième

*Réaction :* La plus grande affaire de l'année? OUI!

Ariana Metz est tout simplement verte parce qu'elle est en troisième et qu'elle n'a pas été invitée à la soirée.
Teagan Phillips
Seconde

8

— *Teagan ? Teagan, réveille-toi.*

Teagan avait l'impression de se réveiller après une orgie de somnifères. Elle pouvait entendre la voix qui essayait de la tirer du sommeil, mais c'était comme s'acharner à essayer de s'extirper d'un pot de beurre de cacahuètes géant.

— *Teagan ? Ça va ?*

Soudain, elle reconnut la voix et se força à soulever les paupières. Un souffle d'air glacé et âcre la parcourut. Elle loucha dans les ténèbres, le cœur battant à tout rompre.

— M'man ?

Une douleur aiguë lui transperça la tête et elle referma les yeux, sentant la terre vaciller sous elle. Elle porta une main tremblante à son front tout en prenant conscience que sa jambe était tordue en un angle bizarre. Elle redressa son genou en grimaçant et prit une grande inspiration. De nouveau elle ressentit une décharge fulgurante à la base du crâne.

— Est-ce que tu peux t'asseoir ? demanda une voix dans l'obscurité.

Teagan plissa les yeux et parvint à distinguer un visage au-dessus d'elle. Ce n'était pas sa mère. Pas du tout. Cette femme avait des cheveux foncés et épais, avec des mèches blondes qui auraient eu bien besoin qu'on les rafraîchisse. Ses yeux verts étaient cernés et elle portait un pansement au menton. Seul son tailleur était à la hauteur. Probablement un Saint Laurent.

Luttant pour se redresser sur les coudes, Teagan tenta d'ignorer les battements qui résonnaient sous son crâne. Juste à côté d'elle se trouvait sa Jimmy Choo épargnée par la sauce cocktail, le talon cassé en deux. Teagan écarquilla les yeux et se crispa de nouveau.

*Allez-y, achevez-moi!* pensa-t-elle.

— Ça va ? répéta l'inconnue.

Elle se retourna et tira sur le cordon d'une ampoule qui se balançait. Teagan cligna des yeux sous l'afflux brutal de lumière.

— Non, ça ne va pas, répondit-elle d'une voix sèche tout en se mettant à genoux.

La vache ! Le sol était superfroid. La femme lui offrit sa main mais Teagan l'ignora et, prenant appui de ses doigts sur le béton, se releva. Elle chancela un moment sur son unique chaussure et, quand elle posa son autre pied sur le sol, elle se rendit compte qu'elle s'était foulé la cheville.

— Oh! p...

— Je ne pense pas que tu veuilles utiliser ce mot, coupa la femme.

— Oh! vous ne pensez pas? minauda Teagan, ironique. (Elle s'appuya d'une main contre le mur et de l'autre ôta sa chaussure, qu'elle balança à l'autre bout de la pièce.) Eh bien, laissez-moi vous dire ce que *moi* je pense. Je pense que je vais coller un procès à ce club. Vous avez une idée de ce que vous et votre personnel imbécile m'avez fait subir ce soir? Et pas d'éclairage ni de rampe dans l'escalier? Vous cherchez les ennuis, ma parole!

Pendant que Teagan hurlait sa tirade, sa tête grinçait de douleur et sa cheville battait comme si elle avait son propre cœur, ce qui ne fit qu'attiser le feu de sa colère. Malheureusement, la femme n'avait pas l'air impressionnée le moins du monde. Elle semblait même considérer Teagan avec intérêt, la tête penchée de côté comme si elle étudiait les vitrines de Barneys[1] en se demandant si elle allait entrer ou pas. Teagan trouva son attitude sérieusement énervante.

— Tu as une idée de ce qui te met tellement en colère? demanda la femme avec le ton d'un médecin généraliste.

1. Les Galeries Lafayette de New York.

— C'est quoi, votre problème, à vous ? cria Teagan. Bien sûr que j'ai une idée ! Mon père a massacré ma soirée, ma Vera Wang est bonne à jeter, je viens juste de me casser la figure dans l'escalier, et maintenant mes Jimmy Choo sont également bonnes pour la poubelle. Pas besoin d'être très malin pour avoir une idée !

La femme secoua la tête, un léger sourire sur les lèvres. Quand elle souleva ses cheveux pour les faire passer dans son dos, Teagan remarqua une fine chaîne d'argent qui brillait à son cou. Un petit bijou en cristal blanc se balançait au bout. Teagan se pencha en avant pour l'inspecter, mais elle fut prise d'un haut-le-cœur et d'un vertige si soudain et si violent qu'elle dut se rejeter contre le mur de parpaing froid.

*Je vous en supplie, faites qu'en plus je ne vomisse pas sur ma robe*, pria Teagan. Elle respira profondément jusqu'à ce que le vertige disparaisse. Elle s'arc-bouta, les mains sur ses genoux, et son estomac émit un grognement sourd. La femme se mit à rire. Teagan sentit de nouveau la colère l'envahir. D'un coup elle se rappela ce qu'elle était venue faire ici. Du vin ! Elle avait besoin de vin pour calmer la douleur qui lui vrillait le crâne et la cheville et pour faire taire son stupide estomac. Un bon vin. Bien cher.

Elle regarda autour d'elle, prête à attraper la première bouteille qui lui tomberait sous la main quand elle réalisa qu'elle n'était pas dans une cave à vins mais dans un box poussiéreux rempli de cartons et de caisses. La pancarte sur la porte annonçait pourtant «cave à vins». Où donc était ce fichu pinard?

— Ce que tu cherches n'est pas ici, dit la femme d'une voix presque gentille.

— Ouais, et comment vous pouvez savoir ce que je cherche? questionna Teagan sèchement.

— Crois-moi. Je le sais, répondit la femme en faisant un pas vers elle.

Maintenant qu'elle la voyait en pleine lumière, Teagan pouvait constater qu'elle avait dû être assez jolie autrefois. Elle aurait encore pu l'être davantage si elle avait eu l'air un peu plus vive et si une esthéticienne avait pu la convaincre de renoncer à ces horribles mèches.

— Viens, ordonna la femme. Je vais t'emmener là où tu veux aller.

*Pas trop tôt*, songea Teagan. L'inconnue lui saisit le bras. Elle se dégagea brutalement n'étant pas du genre à se laisser tripoter par des inconnus. La femme haussa les épaules et commença à monter l'escalier.

— Fais attention, la huitième marche est dangereuse, ajouta-t-elle.

— C'est maintenant que tu me le dis? marmonna Teagan en attrapant son sac et en se traînant péniblement derrière elle.

Par chance, sa cheville lui faisait un peu moins

mal. La femme lui tint la porte, et, une fois pieds nus sur le tapis fleuri, Teagan se réjouit d'avoir quitté le sous-sol glacé. Elle jeta un coup d'œil à la pancarte, prête à incendier la femme pour la fausse indication, mais retint ses injures au dernier moment. La pancarte indiquait simplement et indubitablement «Cave». Teagan cligna des yeux, confuse. Elle ne pensait pas être aussi pompette.

— Par ici, dit l'inconnue en marchant vers l'entrée.

Teagan baissa les yeux sur sa robe tout en lui emboîtant le pas. La sauce avait séché, formant une croûte épaisse sur le léger tissu. Un de ses orteils était encore taché de rouge. Elle avait hâte de boire un petit verre qui la réchaufferait avant de se nettoyer. Elle attrapa son portable pour regarder l'heure, se demandant dans combien de temps Natsui se pointerait au club. Plus d'une demi-heure avait passé depuis qu'elle avait appelé la gouvernante.

*Ouah! Me suis-je vraiment assommée?* se demanda Teagan.

La femme attrapa un parapluie de golf dans un placard et se dirigea vers la sortie.

— Il faut *sortir*? demanda Teagan en jetant son portable dans son sac.

— C'est là qu'il faut qu'on aille, lui répondit-elle.

Teagan leva les yeux au ciel. Ça l'amusait de parler en langage crypté?

— OK, mais vite, alors. J'ai un peu une soirée qui m'attend...

— Je sais, dit la femme.

Elle poussa la porte et ouvrit le parapluie. Teagan se blottit dessous et avança dans la tempête. Elles se trouvaient à l'extrémité du parking. Des centaines de voitures de luxe étaient alignées à côté de dizaines de limousines, où les chauffeurs attendaient en fumant des cigarettes et en écoutant la radio.

— Une minute, dit Teagan. Où m'emmenez-vous ?

Soudain une autre porte claqua et Teagan vit sortir « sa » serveuse qui jurait entre ses dents.

— Sale petite morveuse ! marmonnait-elle.

— Argh ! s'étrangla Teagan, indignée. Où va-t-elle ?

L'ex-serveuse batailla avec son vieux parapluie qui refusa de s'ouvrir.

— C'est pas vrai ! cria-t-elle en le balançant dans une benne prête à déborder. Tirant le col de sa veste pour protéger sa tête déjà trempée elle se mit à courir, contournant les BMW, 4 x 4 Lexus et autres Jaguar, pour atteindre le parking des employés de l'autre côté.

— Ouais ! C'est ça ! Monte dans ta voiture de naze et retourne dans ton appart pourri ! cria Teagan à travers le rideau de pluie.

Pour qui cette bonniche se prenait-elle pour la traiter de morveuse ? Après tout, c'était elle qui avait bousillé sa robe et ruiné sa soirée. Ce n'était pas la faute de Teagan si elle faisait son métier n'importe comment. Il y avait des gens complètement à la masse !

— Charmant. Une vraie lady, commenta la femme.

— Oh ! ça va ! vous, répondit Teagan. Où est le vin ?

— Par ici.

Teagan la suivit jusqu'au bout du parking ; là, elles s'engagèrent dans une allée dallée qui menait au jardin derrière le country club. Les pieds nus mouillés de Teagan étaient gelés, et le vent poussait la pluie de côté, trempant ses talons et ses mollets. Le vin avait intérêt à être bon.

La femme finit par s'arrêter au milieu du chemin. Teagan leva les yeux.

— Mais pourquoi vous vous arrêtez ? Décidément, c'est la déchéance totale ici. Je rêve ou Lowell embauche directement dans les prisons et les asiles ?

— Très drôle, dit la femme d'un ton plat.

— Où-est-cette-fichue-cave-à-vins ??? cria Teagan en détachant les mots comme si elle s'adressait à une attardée mentale.

La femme pointa quelque chose sous la pluie et Teagan remarqua pour la première fois qu'elles se tenaient à quelques mètres du kiosque. C'est là que, au printemps et en été, des couples venaient prononcer leur serment pour le meilleur et pour le pire... Elle avait vu des centaines de photos romantiques en parcourant les books de photographes locaux. Elle mit quelques secondes à réaliser que, justement, deux amoureux se tenaient sous la tonnelle.

— Berk, fit Teagan en constatant qu'ils étaient étroitement enlacés. Vous êtes voyeuse, ou quoi ?

Le couple se détacha et Teagan sentit ses genoux faiblir : Lindsee passait le dos de sa main sur ses lèvres minces et pressait sa généreuse poitrine sur le torse de Max. Elle lui souriait, faisant courir son doigt le long de sa joue.

— J'y... crois... pas..., dit Teagan entre ses dents.

Max – *son* Max – passa ses bras autour de la taille de Lindsee et lui embrassa le front. Elle se blottit contre lui tandis qu'il posait son menton sur sa tête blond doré.

— Vous m'avez manqué, mademoiselle Jolies-Fesses, dit-il distinctement.

Puis il laissa glisser ses mains et saisit les fesses de Lindsee. Elle gloussa, embrassa son épaule, apparemment ravie.

— C'est elle, Mlle Jolies-Fesses ? éructa Teagan en se jetant sur l'employée du country club. Mais ses fesses sont bien plus grosses que les miennes !

Quand elle se retourna, la langue de Max était presque arrivée au fond de la gorge de Lindsee. Elle ne pouvait pas croire qu'ils aient le culot de continuer de s'embrasser comme si elle n'était pas là. C'était vraiment du délire.

— Hé! Morue! cria Teagan en courant vers le kiosque sous la pluie.

En quatre secondes, l'eau trempa intégralement sa robe, mais elle s'en fichait complètement. Les deux traîtres ne s'arrêtèrent même pas pour respirer.

— C'est à elle que tu pensais laisser un message hier soir, espèce de pochetron! cria-t-elle. Quand je pense que je comptais coucher avec toi ce soir! Mais c'est fini entre nous!

Max se contenta de glisser ses mains dans le dos de Lindsee pour la serrer encore plus contre lui.

— Hé ho! hurla Teagan, des larmes de colère plein les yeux. C'est moi, ta *petite copine*!

— Ils ne peuvent pas t'entendre, dit la femme en grimpant sur la première marche du kiosque.

Mais Teagan ne lui prêta aucune attention. Les deux traîtres s'étaient écartés l'un de l'autre et Lindsee tripotait le revers de la veste de Max.

— Alors, quand elle va te dire qu'elle veut coucher avec toi, qu'est-ce que tu vas lui répondre? demanda-t-elle timidement.

— Merci... mais non merci... pas ce soir, répondit Max avec son sourire en coin. Elle ne t'arrive pas à la cheville.

Teagan eut l'impression qu'on venait de lui tirer dessus. Elle tituba et se cogna à l'un des poteaux du kiosque. Ce n'était pas possible. Ils ne pouvaient pas être en train de se dire tout ça juste devant elle comme si elle n'existait pas. Sa meilleure amie et son petit copain. Après tout ce qu'elle avait partagé avec eux ! Tous les secrets, fous rires et confidences. Ils ne pouvaient pas être aussi cruels !

— Mais ne casse pas avec elle ce soir, continua Lindsee en tirant son miroir de poche de son sac à main pour vérifier l'état de son maquillage. Elle risquerait de massacrer toute sa nouvelle collection, ce serait tellement dommage...

Elle eut un sourire moqueur en refermant son miroir dans un claquement sec.

— Je sais. Je vais attendre demain, dit Max en attirant de nouveau Lindsee contre lui. J'ai hâte qu'on n'ait plus à se cacher comme ça...

— Mmm, moi j'apprécie pas mal le côté secret, dit-elle, espiègle.

— OK ! Ça suffit comme ça ! cria Teagan.

Elle était sur le point de se ruer sur eux quand la femme posa une main étonnamment puissante sur son épaule et l'arrêta net. Teagan eut l'impression qu'elle allait exploser.

— Lâchez-moi ! cria-t-elle.

— Ils ne peuvent pas t'entendre, lui glissa la femme à l'oreille, provoquant un drôle de frisson sur sa peau. Ils ne peuvent ni t'entendre ni te voir.

— Vous auriez vraiment besoin d'une camisole de force, dit Teagan.

— Teagan, crois-moi. Si tu t'arrêtes une minute et

regardes sincèrement au fond de toi, tu vas voir que je dis la vérité, lui dit la femme. Tu n'es même pas dans ton vrai corps.

Teagan ressentit soudain un tel froid qu'il lui sembla qu'on l'avait plongée dans l'océan Arctique. Ses doigts et ses orteils se recroquevillèrent, les poils de ses bras se dressèrent. Elle eut même froid aux dents.

— Vous êtes folle, dit-elle en refusant ce que son instinct lui disait.

Elle se jeta en avant pour attraper Lindsee et l'écarter de ce sale menteur de Max. Mais, au lieu de toucher la peau fraîche de Lindsee, Teagan vit, les yeux écarquillés, sa main passer *à travers* son épaule. C'était comme de mettre la main dans de la gelée, et cette sensation acheva de retourner son estomac déjà mal en point. Haletante, elle tituba jusqu'à la rampe, l'agrippa de toutes ses forces, et se pencha vers les massifs de roses sans parvenir à vomir.

*Oh, mon Dieu! Je suis morte!* songea Teagan, affolée, les yeux exorbités et la gorge brûlante. *Je suis morte le jour de mes seize ans.*

C'était une fin à la hauteur de cette journée complètement pourrie.

Une main chaude toucha doucement son dos et Teagan parvint à se redresser. Elle regarda droit dans les yeux fatigués de l'employée du country club.

— Suis-je un fantôme? gémit-elle en essayant de se préparer au pire.

Après ce qu'elle venait de ressentir, elle était prête à croire à peu près n'importe quoi.

— Oui, répondit la femme d'une voix apaisante. Je suis désolée, Teagan.

Les genoux de Teagan fléchirent et ses fesses heurtèrent avec un bruit sourd le banc qui courait autour du kiosque. La tête lui tournait. Elle essaya de reprendre son souffle sans y parvenir. Elle sentit instantanément son cœur s'emballer et posa la main sur sa poitrine, suffoquante.

*Je suis morte, je suis vraiment morte.*

— Tout ira bien, Teagan, dit la femme en s'approchant d'elle et en posant ses mains sur les épaules nues de la jeune fille. Elle se pencha jusqu'à ce qu'elles se retrouvent face à face. Regarde-moi dans les yeux et respire. Tout va bien se passer.

— Vous êtes malade ? couina Teagan. Je suis morte ! Comment ça pourrait bien se passer ?

Son ventre se tordit de douleur et elle se pencha, pressant son front sur la surface humide et froide de la rambarde du kiosque. Elle s'y accrocha des deux mains, désespérée, pour toucher quelque chose de réel. Quelque chose qui lui fasse croire qu'elle était toujours là – qu'elle était toujours vivante. Que tout cela n'était qu'un cauchemar tordu.

— Mais, attendez…, dit-elle soudain en se redressant. Si je suis morte, pourquoi pouvez-vous me toucher ? Et pourquoi je peux toucher ça ? demanda-t-elle en faisant claquer sa main sur l'un des poteaux.

— Nous pouvons nous toucher parce que, moi aussi, je suis un fantôme, expliqua patiemment la femme. Pourquoi nous pouvons toucher les objets inanimés, je l'ignore. Ce n'est pas moi qui ai établi les règles. Je fais mon travail, c'est tout.

C'en était trop pour Teagan. Elle s'avança vers Max et Lindsee, sans plus se soucier de leur étreinte, et hurla de toutes ses forces.

— Hé ! Je suis là ! Allez, les amis ! S'il vous plaît ! cria-t-elle en éclatant en sanglots. Vous m'entendez ?

— Ils ne peuvent pas, répéta le fantôme. Plus vite tu l'accepteras, plus facile sera cette nuit.

— Plus facile ? Mais de quoi vous parlez ? hurla Teagan en se tournant vers le spectre, les joues sillonnées par les larmes. Vous êtes là à me dire que je suis morte… !

— Je sais. Moi aussi ça m'a pris du temps pour l'accepter. Mais il le faut. Il faut avancer, et vite.

— Avancer ? demanda timidement Teagan, l'estomac en vrac. Mais pour aller où ? Au paradis ?

— Pas exactement…

Teagan eut un haut-le-cœur.

— En enfer !? Oh, allez ! Je n'ai pas été *si* méchante !

— Oh que si ! dit la femme avec un sourire moqueur. Mais ce n'est pas là que nous allons non plus. J'ai deux, trois choses à te montrer.

Teagan avala sa salive pour essayer de faire passer la boule d'angoisse qui venait de se coincer dans sa gorge.

— Quoi? demanda-t-elle en pensant à tous les films d'horreur qu'elle avait vus.

Des images de pierres tombales, de mondes embrasés et de squelettes encapuchonnés de noir défilèrent devant ses yeux.

— Tu verras, dit la femme.

— Oh, que non! miss Mystère, dit Teagan en essuyant rapidement ses joues. Elle glissa le long de la rampe et revint vers les deux traîtres. Il fallait qu'elle gagne du temps. Il fallait qu'elle ait le temps de réfléchir.

— D'abord je veux régler l'histoire avec ces deux-là. N'ai-je pas droit à un vœu pour ma mort?

*Je n'arrive pas à croire que je viens de dire ça. Je suis morte. Ce n'est pas poss…*

— Teagan…

— Je veux dire… *Lindsee*? cria-t-elle, s'accrochant à cette idée, pour ne pas penser au reste. *Elle est complètement boudinée dans cette robe. J'aimerais bien savoir comment il peut l'appeler mademoiselle Jolies-Fesses!*

C'était complètement faux, évidemment. Lindsee était aussi magnifique et élégante que d'habitude. Mais à cet instant Teagan ne pouvait penser à rien d'autre qu'à la démolir.

— Je ne peux pas rester dans le coin et les hanter,

ou quelque chose dans le genre ? demanda-t-elle d'une voix faible.

— Teagan, tu n'aurais jamais dû perdre autant de temps dans des relations superficielles, lui répondit la femme en secouant tristement la tête. Avec ces gens qui n'ont pas grand-chose à faire de toi. Surtout qu'il y avait d'autres personnes pour qui tu comptais. (Elle essaya d'attraper la main de Teagan.) Il faut qu'on y aille.

Teagan n'aimait pas ça du tout. Tous ces verbes au passé... Elle posa ses deux mains à plat sur la tache de sa robe et trembla si fort qu'elle crut que son corps allait tomber en morceaux.

— Où ? demanda-t-elle encore.

— Tu verras, répondit la femme.

Teagan jeta un coup d'œil à ses ex-amis en train de s'embrasser à côté d'elle. Ils étaient toujours en vie. Chauds, heureux et vivants. Elle gisait, morte, au fond d'une cave. Ce n'était pas juste. Rien n'était juste.

— J'ai peur, lâcha Teagan.

— Je sais. Mais je reste avec toi, dit la femme qui lui prit enfin la main dans les siennes. Fais-moi confiance. Tout va bien se passer.

Au même instant, Teagan sentit un courant d'air chaud soulever le bas de sa robe façon Marilyn Monroe et, d'un coup, elle bascula dans le néant.

## La Sentinelle de Rosewood

## La page à potins

## Le sondage de la semaine

### Par Laura Wood

Au cas où vous ne seriez pas au courant (mais oui, bien sûr!), la fête organisée par Teagan Phillips pour ses seize ans aura lieu samedi en huit au country club d'Upper Sheridan. Nous savons tous que plus grande est la soirée, plus important est le risque de dégénérescence totale. Donc, pour le sondage de cette semaine, nous avons pensé à la question suivante: comment pensez-vous que va s'achever cette nuit inoubliable? Voici ce que vous, fidèles lecteurs, avez répondu:

En orgie: 76%
Intervention d'une brigade antidrogue: 10%
Arrestation de plusieurs élèves de terminale: 9%
Incendie du country club: 3%
En paix: 0%
Autres: 2%

Autre réponse que nous avons beaucoup appréciée: Teagan Phillips gisant face contre terre dans une flaque de son propre vomi.

# 9

— OK... C'était quoi, ça? demanda Teagan en bondissant pour s'éloigner du fantôme.

Sa peau grésillait. Chaque parcelle de son corps bourdonnait et il lui semblait que ses cellules tournoyaient, en pleine réorganisation. Teagan n'avait jamais rien ressenti d'aussi perturbant. Si ses cellules se *réorganisaient*, est-ce que cela voulait dire qu'elles avaient été provisoirement *mélangées*?

— Juste un moyen très efficace de voyager, expliqua le fantôme en haussant les épaules.

— Voyager où? demanda Teagan, bien contente de n'apercevoir ni flammes ni pierres tombales. Elle ajusta la bride de son sac à main sur son épaule et observa le petit vestibule familier.

— Attendez une minute, je connais cette maison, dit-elle avec une bouffée de nostalgie. C'est celle d'Emily, n'est-ce pas?

Des rires jaillirent du salon, sur la gauche de Teagan, et son pouls s'accéléra.

— Je peux savoir ce qu'on fait là ?

— Tu n'as qu'à aller voir, dit le fantôme en pointant la porte de son menton.

Teagan se retourna et la franchit avec hésitation. Elle avait passé tellement de temps dans cette maison quand elle était petite qu'elle en connaissait le moindre recoin, la moindre fissure. Cet endroit avait été comme sa deuxième maison, mais, maintenant qu'elle y revenait après plusieurs années, il était clair que la vie avait continué sans elle et elle s'y sentait complètement étrangère.

La table de la salle à manger avait été dressée avec des assiettes en carton. Des banderoles pendaient du plafond. Il y avait des ballons de couleur partout. Cela rassemblait à une fête d'anniversaire de maternelle, sauf qu'il n'y avait aucun enfant de cinq ans en vue. Sur le canapé et les fauteuils du salon, juste derrière la table de la salle à manger, étaient rassemblés Emily et ses amis. Elle n'avait quasiment pas changé depuis la dernière fois que Teagan l'avait vue, à la fin de la quatrième – elle avait juste l'air un peu plus âgée. Ses cheveux blonds tombaient en vagues sur ses épaules. Elle portait un tee-shirt rose pâle et n'était pas maquillée, mais ses joues étaient rouges et ses yeux brillants. Elle avait toujours été très jolie, très naturelle.

Accrochée derrière le divan où se tenait Emily scintillait une pancarte rose où on pouvait lire : *Joyeux anniversaire !*

Teagan resta bouche bée.

— C'est ça la fête d'Emily pour ses seize ans ? dit-elle en fronçant le nez. La pauvre ! C'est quand même bizarre, continua-t-elle en passant devant deux filles en train de s'empiffrer de chips.

Elles ne clignèrent même pas des yeux quand elle les frôla. C'était assez cool, en fait, de pouvoir ainsi circuler au milieu des gens sans qu'ils vous voient. Teagan aurait bien sûr largement préféré être en vie, mais si elle devait être morte, autant qu'il y ait des avantages.

— Je trouve aussi, dit le fantôme. Mettons-nous par là.

Elles s'installèrent près du mur, Teagan se demandant toujours ce qu'elle pouvait bien faire à l'anniversaire d'Emily. C'est à ça que s'occupaient les gens après leur mort ? Passer chez les vieux copains ? Tout ça était bien gentil, mais si elle devait assister à un anniversaire, elle aurait préféré que ce soit le sien. Elle était peut-être morte – il fallait qu'elle se fasse à l'idée – dans la cave, mais elle avait travaillé dur pour sa soirée. Le moins que ce fantôme puisse faire, c'était lui laisser voir comment elle se déroulait.

En plus, le fait d'être invisible pouvait présenter certains avantages. Elle pourrait espionner les gens et savoir ce qu'ils pensaient vraiment. D'ailleurs, à cet instant, ils devaient être en train de s'extasier... Cette fête était tellement plus cool que celle de Shari Marx !

— Tu veux retourner au country club, n'est-ce pas ? demanda le fantôme.

— Comment vous le savez ?

— Pourquoi n'essaies-tu pas de te concentrer un peu ? Je ne t'ai pas amenée ici pour rien, répondit le fantôme avec impatience.

— Mais vous n'avez évidemment pas l'intention de me dire pourquoi..., répliqua Teagan d'un ton sarcastique.

Le fantôme leva les yeux au ciel.

— Mettons les choses au clair tout de suite. Ta petite sauterie ? Ça n'a plus aucune importance maintenant.

— Hé ! Je suis peut-être morte, mais je me suis cassé la tête dans cette histoire. Alors est-ce qu'on ne pourrait pas juste...

— Ça suffit !

Teagan se tint coite et s'appuya contre le mur, hors d'elle. *Je viens de mourir ! Un peu de compassion, c'est trop demander ?*

— Tiens, ouvre celui-ci ! De la part de Meredith et moi.

Une fille métisse avec une longue queue de cheval tendit un paquet à Emily. Ses amis la regardèrent avec excitation déchirer le papier cadeau. À ses pieds étaient empilés les cadeaux qu'elle avait déjà ouverts. Un sweat blanc. Quelques livres. Quelques bijoux de chez Macy's et Claire's. Une casquette de base-ball. Rien qui aurait pu retenir l'attention de Teagan, rien surtout qu'elle aurait envisagé de porter.

Un petit garçon en jean et tee-shirt Bob l'Éponge courait autour de la pièce en agitant une espèce de dragon et se faufilait entre les jambes des invités. Un type canon, un peu plus âgé que les autres, aux épaules larges et avec des tablettes de chocolat qu'on devinait même au travers de son sweat en coton, se baissa pour attraper l'enfant par la taille et le chatouilla jusqu'à ce qu'il crie.

— La vache! Gary!? Eh bien, en voilà un qui a fait du sport!

La dernière fois qu'elle avait posé les yeux sur le grand frère d'Emily – le garçon qui l'avait collée comme un petit chien pendant toute son enfance –, sa peau commençait à bourgeonner et il ne ressemblait à rien. Manifestement, l'étape suivante avait été une vraie amélioration. Miam!

— Gary, peux-tu emmener Ricky à l'étage et lui montrer tes nouveaux jeux vidéo? demanda la mère d'Emily apparue dans l'embrasure de la porte.

— OK, m'man, répondit Gary en aidant Ricky à se remettre debout. Allez, on y va.

— Qui c'est, ce Ricky? Les parents d'Emily ont eu un autre enfant?

— Non, c'est un cousin.

— Comment vous le savez?

Le fantôme haussa les épaules.

— Je sais beaucoup de choses.

Emily termina de déchirer le papier et découvrit une boîte noire de chez Limited.

— Oh, ouah! Les filles, fallait pas!

— Elles se sont mises à deux pour une fringue The Limited!? s'exclama Teagan. Combien d'argent de poche leur donnent leurs parents?

Emily sortit une robe d'été à fleurs et manifesta son plaisir.

— Merciiii! dit-elle en se levant pour serrer ses deux amies dans ses bras. C'est beaucoup trop, vous n'auriez pas dû!

— On n'a pas tous les jours seize ans! s'exclama Meredith.

— Eh bien, merci, dit Emily. Ça fait un mois que je lorgne cette robe.

— Attendez, cria son père en brandissant son appareil photo.

Emily plaqua la robe contre elle et prit la pose. Tout le monde applaudit et Emily rougit. Quand elle se rassit, le garçon mignon assis près d'elle passa ses bras autour de ses épaules.

— Tu devrais la porter demain soir, dit-il.

— Carrément, répliqua-t-elle en déposant un baiser rapide sur sa joue.

— Hou! crièrent les filles en riant.

— Attention! Pas de ça! Il y a des parents dans la pièce, plaisanta la mère d'Emily.

Emily sourit et continua d'ouvrir ses paquets.

— Hum! Emily a un petit copain, dit Teagan en commençant son examen détaillé.

Il portait un polo de rugby, un jean baggy et arborait une coupe en brosse bien trop courte. Mais il avait des yeux marron chaleureux et un gentil sourire. En plus, il semblait incapable de quitter sa petite amie des yeux, contrairement à certains garçons que connaissait Teagan.

— Pas mal du tout! ajouta-t-elle.

— Hé, Em! Elle est devenue quoi, la fille avec qui tu fêtais toujours ton anniversaire? demanda une rousse.

Elle disait vaguement quelque chose à Teagan qui ne pouvait se rappeler son prénom. Ce devait être une des copines de football d'Emily qu'elle avait l'habitude d'inviter à ses fêtes.

— Ah! Teagan…, dit Emily en posant un paquet sur ses genoux. Eh bien, ce soir, elle a organisé une énorme soirée au country club.

— Ça ne m'étonne pas. Elle était tellement snob, dit Meredith. Je suis bien contente qu'elle ait fini à Rosewood.

— Hé ! protesta Teagan en se redressant.

— Elle n'est pas si terrible, protesta Emily.

— Ouais, ben, la semaine dernière, elle a failli écraser mon chien avec sa petite décapotable et elle ne s'est même pas arrêtée, dit Elena Christiansen. Ma mère a failli avoir une crise cardiaque.

— C'était sa mère ? Eh bien, elle n'avait qu'à traverser dans les clous, riposta Teagan. Et puis j'ai vérifié dans le rétroviseur qu'ils n'avaient rien !

— Elle devait être en retard pour son épilation de la moustache, plaisanta quelqu'un qui fut récompensé par de nombreux rires.

Teagan rougit fortement.

— C'était une épilation du maillot, marmonnat-elle.

— Allez, les amis, soyez sympas, dit Emily. Je crois qu'elle est juste très seule. Sa mère est morte quand elle était petite et je ne crois pas qu'elle ait beaucoup de vrais amis.

— Oh, la pauvre ! dit Jennifer en levant les yeux au ciel.

— En tout cas, moi, je la plains, dit Emily tout en souriant aux blagues de ses amis.

— Toi, tu me plains ? s'étrangla Teagan. Un chef mondialement connu est en train de cuisiner pour moi à l'instant. Cinquante serveurs s'occupent de mes trois cents invités ! Et toi, qu'est-ce que tu as ?

— Euh, Teagan, elle ne peut pas t'entendre, lui

rappela le fantôme. Et puis, peut-être qu'il y a plus de monde à ta soirée, mais jusqu'à présent personne n'est parti à ta recherche et tu es dans la cave depuis… presque une heure, dit-elle en regardant sa montre en or.

Le cœur de Teagan s'alourdit.

— Sympa… C'est ça, frappez donc la morte pendant qu'elle est à terre…

— Je me contente de t'énoncer les faits.

— Et puis comment vous savez que personne n'est parti à ma recherche ?

— Je te l'ai dit, il y a des choses que je sais.

— Et vous savez que vous êtes assez odieuse ? demanda Teagan, sarcastique.

— Excuse-moi, mais j'ai l'impression que tu as une poutre dans l'œil…, rétorqua le fantôme.

Teagan plissa les yeux. L'enfer commençait à devenir une option tout à fait envisageable.

— Je ne comprends pas ce qu'on fait ici, dit-elle d'un ton sec.

— Ça va venir, répliqua le fantôme.

— Vous savez, nous allons peut-être avoir tous les détails de la soirée de Teagan un peu plus tard, dit Emily avec un sourire malicieux. Ma tante travaille au club.

Au moment où elle prononça ces mots, une femme entra en trombe dans la pièce. Tout le monde la dévisagea.

— Plus maintenant ! annonça la nouvelle arrivante.

Cette fois-ci, le cœur de Teagan explosa. Debout dans l'embrasure de la porte du salon, se tenait la serveuse maudite. La serveuse que George Lowell avait renvoyée à sa demande.

— Tante Catherine ? Mais qu'est-ce que tu fais là ? demanda Emily.

— Ta petite camarade m'a fait renvoyer, répondit tante Catherine en arrachant sa veste trempée.

Oh, mon Dieu !

Teagan comprenait à présent pourquoi elle lui avait semblé familière. À présent, la ressemblance entre la mère et la tante d'Emily lui crevait les yeux. Cette dernière avait l'air un peu plus dure et pesait à peu près dix kilos de plus que sa sœur – sans parler de sa couleur de cheveux complètement ratée. À part ça elles auraient pu être jumelles.

— J'ai fait renvoyer la tante d'Emily... dit Teagan calmement, incrédule.

— Quoi ? dit Mme Zeller.

— Ouais ! *Elle* me rentre dedans et c'est moi qui me fais virer ! s'exclama Catherine.

— N'importe quoi ! cria Teagan. Ce n'était pas ma faute.

— En fait, un peu, glissa le fantôme.

— En plus, ce soir j'étais censée parler avec mon boss de ma promotion, tempêta Catherine. J'allais enfin pouvoir envisager de trouver un appartement pour Ricky et moi, vous laisser tranquilles, mais maintenant...

La mère d'Emily s'approcha de sa sœur et lui caressa le bras pour l'apaiser.

— Ne t'inquiète pas, Cat, dit-elle. Tout va s'arranger. Et tu sais que nous adorons vous avoir ici. Ne te fais pas de souci pour ça.

— Au moins j'ai pu rapporter ça, dit Catherine en tirant de son sac à main une paire de lunettes de soleil Gucci. On devrait pouvoir les vendre sur eBay.

Teagan sentit monter l'indignation mais la réprima. Elle n'arrivait toujours pas à croire que la serveuse maladroite était la tante d'Emily. Il y avait... quoi ? Une chance sur mille...

Catherine inspira un grand coup et regarda autour d'elle. Elle parut réaliser pour la première fois qu'il y avait d'autres gens dans la pièce. Emily était blême et un silence gêné s'était installé parmi ses amis.

— Oh, zut ! Je suis désolée, Em ! dit Catherine en reniflant bruyamment. J'ai interrompu ta fête.

— C'est pas grave, dit Emily qui essaya de prendre un ton léger.

— Non, continue d'ouvrir tes cadeaux, dit sa tante en agitant les mains. Je monte.

Elle fit demi-tour, quitta la pièce et grimpa l'escalier d'un pas lourd.

— Toujours désolée pour ta vieille pote ? demanda Meredith.

*Incroyable*, songea Teagan. C'était pour *ça* que le fantôme l'avait amenée ici ? Pour qu'elle puisse entendre tous ces gens lui cracher dessus ? Comment pouvait-elle savoir que cette serveuse nullissime était de la famille de son ancienne meilleure amie et qu'elle avait un petit garçon ?

— Je ferais bien d'aller discuter un peu avec Cat, dit la mère d'Emily.

— Non, j'y vais, lui dit Emily en se levant et en tendant un paquet qu'elle n'avait pas encore ouvert à son petit ami. Je reviens tout de suite.

L'air préoccupé, Emily enjamba les boules de papier froissé et les assiettes en plastique où traînaient quelques croûtes de pizza. Ses amis la regardèrent partir mais Teagan fut la seule à pouvoir la suivre.

Sur le chemin de sa chambre située au bout du premier étage, Emily fit une pause à la porte de celle de son frère. Ricky était assis sur les genoux de Gary, au bout de son lit, agrippé à sa PlayStation. Sur un lit de camp traînaient des draps en désordre et un ours en peluche. C'était donc là que Ricky dormait.

Emily soupira et repartit vers sa chambre. Catherine était assise sur la couchette du bas d'un lit superposé, la tête entre les mains. Le long du mur, on avait poussé une valise ouverte, dans laquelle des vêtements chiffonnés étaient entassés. Teagan resta en arrière tandis qu'Emily entrait doucement. La pièce était déjà presque trop petite pour une personne. À présent, il n'y avait plus de place du tout. Emily s'assit sur une pile de linge sale aux pieds de sa tante.

Catherine reniflait en essayant d'arrêter ses larmes Emily s'étira pour attraper un paquet de mouchoirs en papier sur le bord de son bureau et le tendit à sa tante.

— Tu vas trouver un autre travail, dit-elle.

— Ce n'est pas si simple, répliqua Catherine en plongeant son nez rouge dans un Kleenex. Et puis j'avais déjà gravi quelques échelons. Tout recommencer ailleurs...

— Ne t'inquiète pas, dit Emily, tu vas t'en sortir.

— Ouais, et pendant ce temps ces bâtards de la banque vont rappeler et Ricky et moi allons devoir continuer de vous envahir...

— Ce n'est pas grave, la consola Emily en lui donnant une petite tape sur la jambe. C'est génial de vous avoir avec nous.

— Ouais, c'est ça, dit sa tante d'un ton ironique.

— Mais c'est vrai !

Teagan sentait le désespoir envahir Emily. Il lui fallait trouver les bons mots pour convaincre cette femme de continuer d'être un parasite. Elle avait le rôle de la mère, pas de la nièce adolescente. Qu'est-ce qui se passait dans cette maison?

— Tante Catherine, ce n'est pas ta faute si oncle Johnny est mort en te laissant toutes ces factures, dit-elle avec des yeux implorants.

— Si seulement j'avais eu un vrai boulot quand c'est arrivé, répondit Catherine en secouant la tête et en contemplant son mouchoir. J'aurais eu une assurance.

— Mais tu n'en avais pas, et maintenant tu es coincée et nous t'aidons. C'est pour ça que nous sommes là. Ça ne sert à rien d'essayer de réécrire l'histoire. (Catherine ravala un soupir et quelques larmes jaillirent de ses yeux.) Allez! Où est passée mademoiselle Positive? Mademoiselle Je-Tourne-La-Page?

Catherine attrapa son sac imitation cuir sur le sol.

— Elle s'est fait virer.

Elle farfouilla dans son sac et en sortit un briquet et un paquet de cigarettes. Emily recula légèrement et ses traits s'affaissèrent.

— Je croyais que tu avais arrêté.

— Ouais, ben, il y a plein de choses que j'ai arrêtées, et ça ne m'a menée nulle part, dit Catherine en allumant une cigarette.

Elle se leva, enjamba Emily pour se poster à la fenêtre qu'elle ouvrit brutalement. Elle exhala un nuage de fumée bleue dans la nuit pluvieuse.

— Va rejoindre tes amis, petite, dit Catherine d'un ton brusque.

Emily se leva et attrapa la poignée de la porte. Teagan s'écarta de son chemin. Elle vit Emily jeter un dernier regard à sa tante, puis sortir, les yeux rivés au sol.

— Comment ça elle a arrêté plein de choses? demanda Teagan au fantôme quand Emily eut disparu. Elle était alcoolo ou un truc comme ça? Oh! Est-ce qu'elle avait bu ce soir? C'est pour ça qu'elle a complètement pété les plombs?

— Non, pas alcoolique, dit le fantôme les yeux fixés sur la silhouette solitaire plantée près de la fenêtre. Elle se droguait, mais elle a tout arrêté quand Ricky était bébé. Elle voulait une vie meilleure pour son fils, mais avec son passé ça n'a pas été facile de trouver du travail. Du coup, quand son mari est mort, elle est venue s'installer ici pour essayer de tout recommencer.

— Elle doit beaucoup d'argent?

Le fantôme hocha la tête.

— Hôpitaux, crédits, frais d'enterrement. Ajoute à cela, le deuil et le fait de s'être fait virer, je pense qu'elle risque de resombrer.

— Oh! et je suppose que c'est ma faute? protesta Teagan. Ce n'est pas moi qui l'ai transformée en catastrophe ambulante.

— Mais tu as bien insisté pour qu'elle soit renvoyée pour avoir abîmé ta précieuse robe, dit le fantôme. Que, d'ailleurs, tu n'aurais jamais reportée, bien qu'elle t'ait coûté suffisamment d'argent pour nourrir un village entier.

Teagan avala sa salive avec difficulté. Elle regarda Catherine tirer une nouvelle bouffée sur sa cigarette. Puis la femme s'accouda au rebord de la fenêtre et son regard se perdit dans l'espace.

— À quoi pense-t-elle? demanda Teagan dont le cœur se fit lourd.

— Je ne lis pas dans les pensées...

— Pourtant, tout à l'heure, vous saviez à quoi je pensais...

— Peut-être parce que tu es tellement transparente...

Le fantôme tendit les bras et prit la main de Teagan dans les siennes.

— Arrêtez de faire ça! s'écria Teagan reprise par le malaise tandis que ses pieds touchaient de nouveau le sol.

— Désolée, c'est le seul moyen que j'ai pour me déplacer, lui répondit la femme.

Teagan frissonna et regarda autour d'elle. Elle se tenait sous l'auvent du country club d'Upper Sheridan. La pluie trempait les dalles de l'allée et les basses des haut-parleurs de Stephen faisaient trembler les vitres. Le fantôme prit une grande bouffée d'air humide et pencha la tête en arrière. Le pansement de son menton tirait sur sa peau de façon peu esthétique.

— Qu'est-ce qu'on fait là ? demanda Teagan.

— Je croyais que tu voulais revenir.

— Et vous, vous avez dit que ça n'avait aucun intérêt, répliqua Teagan. Elle croisa les bras sur sa poitrine et toisa son guide macabre. À quoi ça rime, tout ça ? Pourquoi m'avoir emmenée chez Emily ? Juste pour me faire sentir coupable de quelque chose contre lequel je ne peux plus rien ? Au moins, elle, elle est encore en vie ! Moi, je suis morte ! Vous savez, je commence à penser que vous êtes diabolique. Je veux dire...

Teagan s'interrompit quand elle vit deux parapluies s'avancer dans l'allée, venant chacun de directions opposées. Elle reconnut les pas précipités de Maya et la démarche de camionneur d'Ashley. Ces deux-là auraient bien besoin de soigner leur allure. Mais au moins elles s'étaient décidées à reparaître.

Maya et Ashley sautillaient de dalle en dalle, jouant à la marelle au-dessus des ruisseaux qui coulaient entre les pierres plates. Quand elles purent enfin se mettre à l'abri, elles baissèrent leurs parapluies. Maya rejeta ses cheveux en arrière. Ashley laissa échapper un grognement en chassant des gouttes qui avaient coulé sur son bras. Teagan les regarda et sursauta, couvrant sa bouche de sa main. Quand les deux filles se regardèrent, Maya poussa un hurlement qui fut parfaitement couvert par le grondement du tonnerre.

Elles portaient à présent exactement la même robe rouge. Teagan réalisa que ce devait être celles dont parlait Lindsee le matin, celles qu'elles avaient prévu de mettre à l'origine.

— Qu'est-ce que tu as sur le dos ? beugla Maya, les yeux écarquillés.

— Qu'est-ce que *tu* as sur le dos ? lui renvoya Ashley.

— Oh, là, là ! Ça c'est classique, s'écria Teagan en jetant un coup d'œil au fantôme qui, pour une fois, avait l'air assez amusé.

— Retourne chez toi te changer, dit Ashley en croisant les bras.

— *Toi*, retourne chez toi te changer, répliqua Maya.

— Les filles ! Allez, quoi ! On s'en fiche de ce que vous portez ! leur cria Teagan tandis qu'elles s'éloignaient d'un pas lourd sous la pluie. Vous êtes en train de rater la soirée !

Elle regarda le fantôme qui était toujours en train de sourire.

— OK, peut-être que vous n'êtes pas complètement mauvaise finalement, continua-t-elle. C'était bien rigolo.

— Je sais. Vraiment, ces deux-là, elles m'éclatent, dit le fantôme joyeusement.

Teagan attrapa la poignée en bronze et ouvrit la porte, provoquant un courant d'air frais.

— Où tu crois que tu vas, comme ça? demanda le fantôme.

— À l'intérieur. Je veux voir ce que font les autres.

— Ah non! impossible! Nous avons encore beaucoup à faire, dit la femme en attrapant le bras de Teagan. J'avais juste besoin d'une petite pause après l'affaire Catherine. Carrément mélo.

Les yeux de Teagan rétrécirent tandis qu'elle regardait les doigts fins agripper sa chair. Elle pouvait sentir la rage la traverser du bout des ongles jusqu'aux orteils.

— Vous ne pouvez pas me faire ça! fulmina-t-elle. C'est ma fête! Vous n'avez pas le droit de m'amener jusqu'ici et de me narguer. Vous n'avez pas à me dire ce que j'ai à faire!

— Oh! que si!

Le fantôme resserra sa prise sur le bras de Teagan qui lâcha un cri perçant – en vain. Dans un courant d'air chaud étourdissant, elles disparurent de nouveau.

# Entretien avec Teagan Phillips
## Un anniversaire très spécial en perspective
## Transcription 3

**Journaliste : Rondé Taylor**
*La Sentinelle de Rosewood*

RT : Ici Rondé Taylor, je suis assis avec Teagan Phillips, élève de seconde. Teagan a accepté... euh... de finir cette interview commencée avec Melissa Bradshaw à condition qu'elle ait le droit de choisir son interlocuteur. Merci, Teagan, de m'avoir choisi. C'est ma première mission importante.

TP : Tout le plaisir est pour moi, Rondé. Et permets-moi de te dire que, de tous les nouveaux de l'équipe, tu es le plus qualifié. Tu joues au foot, non ?

RT *(s'éclaircit la voix)* : Euh, oui. Je suis le seul nouveau à avoir intégré l'équipe de l'école, cette année.

TP : Oh, oh ! Je suis donc en présence d'une célébrité...

RT: Non, c'est moi. Tu es, genre une déesse, dans le coin. Ouaip.

TP: Eh bien, merci.

RT: Bon, alors. Si tu ne pouvais recevoir qu'un seul cadeau, qu'est-ce que ce serait?

TP: La paix dans le monde...

RT: Vraiment?

TP *(rires)*: Oh, Rondé, tu es tellement mignon. Non... Non... Voyons... Si je ne pouvais demander qu'une seule chose pour mon anniversaire, ce serait...

RT: D'avoir ta mère avec toi?

TP: Quoi?

RT: Eh bien, je sais que ta mère est morte quand tu étais petite, et je sais que si ma mère mourait, je voudrais simplement qu'elle revienne, tu vois? J'adore ma mère. C'est la meilleure. Les anniversaires seraient nazes sans son fameux gâteau au chocolat. En plus elle a cette façon spéciale de chanter «Joyeux anniversaire» qui...

TP: OK. C'est toi qui es censé répondre aux questions, ou moi?

RT: Euh, toi, c'est juste que...

TP: Parce que ça ne m'intéresse pas de savoir comment tu te sentirais *si* ta mère mourait. Je n'ai pas du tout besoin d'entendre ça. Je veux dire : comment tu crois que je me sens, *moi*, Rondé ?

RT : Oh, mon Dieu ! Désolé ! je...

TP : Personne n'est donc fichu de se mettre un peu à la place des autres ?

RT : Je suis désolé. Je ne pensais pas...

TP : Laisse tomber. Il faut que j'y aille. *(Bruit d'une chaise qu'on racle sur le sol.)*

RT : Attends ! Oublie ce que j'ai dit. Je vais te demander autre chose.

TP : Tu sais quoi, Rondé ? T'es vraiment nul comme journaliste.

RT : Reviens ! *(Une porte claque.)* Oh, la boulette...

Fin de la troisième cassette.

# 10

—**R**amenez-moi immédiatement! exigea Teagan dès qu'elle se sentit de nouveau entière.

Le vertige l'envahit tandis qu'elle essayait de faire le point, et elle dut fermer les yeux. Elle s'appuya d'une main sur un mur frais pour reprendre des forces.

— Ramenez-moi! Vous n'avez pas le droit de me faire ça. Je…

Elle rouvrit les yeux et constata avec surprise qu'elle se trouvait dans sa chambre. Mais, avant même d'avoir eu le temps de se sentir soulagée, elle vit que quelque chose n'allait pas. La chambre n'était pas comme elle l'avait laissée. Des affiches de films ornaient les murs, et les étagères, qui auraient dû crouler sous les numéros de *Vogue* des trois dernières années, regorgeaient d'animaux en peluche et de livres pour enfants au dos rose ou bleu.

— Ho! qu'est-ce qui se passe? fit Teagan d'une voix étranglée.

— Nous sommes revenues en arrière dans le temps, répondit le fantôme avec un grand sourire. Pas mal, hein?

Teagan s'écarta du mur en tremblant.

— On a remonté dans le temps? Jusqu'où?

— Jusqu'à un autre anniversaire où tu as été une vraie peste, expliqua le fantôme en s'installant dans un grand pouf vert à pois blancs, près de la fenêtre, d'où elle se mit à observer Teagan avec intérêt.

Celle-ci s'apprêtait à répliquer vertement quand elles entendirent des cris monter dans le couloir.

— Comment peux-tu me faire ça!

La porte s'ouvrit avec une telle violence qu'elle percuta le mur et fit sauter un cadre de son crochet. Teagan s'écarta vite fait, incrédule. Une Teagan de douze ans venait juste de surgir dans la pièce comme un ouragan, ses boucles brunes dans tous les sens et ses bras maigres croisés sur sa poitrine.

— C'est quoi le truc, là? laissa échapper Teagan, la bouche sèche.

— Cool, hein? répliqua le fantôme avec un grand sourire.

— Teagan, ma chérie, écoute-moi!

Ce fut au tour de son père de pénétrer dans la

chambre, l'air très angoissé. À part ses cheveux un peu plus courts maintenant, il n'avait pas changé depuis cette époque.

— Non! Je ne t'écouterai plus jamais! hurla Petite Teagan.

Elle était écarlate et ses yeux semblaient prêts à sauter hors de leurs orbites. Teagan eut un mouvement de recul. Se mettait-elle vraiment dans cet état quand elle était en colère? Carrément pas seyant. Mais bon, à cette époque, elle n'utilisait pas encore les shampoings Lazartigue et avait des fils de fer dans la bouche. À douze ans, maigrichonne, la tête énorme, elle était l'incarnation parfaite de l'âge ingrat.

— C'est mon anniversaire! cria Petite Teagan, le menton en avant. (Hou! La honte! Teagan se réjouit d'avoir appris depuis à camoufler ses pires défauts.) Pourquoi dois-tu faire ce stupide voyage à New York *pile* le jour de mon anniversaire?

— Oh là là! Je m'en souviens maintenant! dit Teagan dont le cœur battait la chamade. (Encore un anniversaire où son père l'avait plantée.) Il avait une réunion hyper importante et il m'a lâchée le matin même de ma fête.

— Teagan, je n'ai pas du tout envie d'y aller, crois-moi, dit son père à Petite Teagan qui s'obstinait à lui tourner le dos. Mais si je ne vais pas à cette réunion, nous risquons de tout perdre. Tu n'as plus envie de rester dans cette maison? Tu adores ta nouvelle chambre…

Petite Teagan luttait contre les larmes. La Teagan d'aujourd'hui pouvait le voir à la façon dont elle suffoquait stoïquement.

— Maman ne m'aurait jamais fait ça, dit-elle. Si elle était là, elle te détesterait de m'abandonner le jour de mon anniversaire.

Teagan s'adossa à la bibliothèque, les jambes flageolantes. Elle se rappelait avoir dit ça à son père parce que, même à douze ans, elle savait que rien ne pourrait plus le blesser. Déjà, à cet âge, elle voulait qu'il souffre autant qu'elle. Dès qu'elle avait prononcé ces paroles, elle s'était sentie immédiatement coupable, mais pas assez pour revenir dessus. Elle avait voulu le blesser. Évidemment, la flèche avait raté sa cible. Si elle se souvenait bien, il n'avait même pas réagi.

— Mon Dieu! observe-le, dit le fantôme.

Teagan regarda son père qui se tenait juste derrière sa fille. Elle vit son visage se tordre de tristesse avant qu'il se couvre les yeux de la main.

*Oh, mon Dieu! il a réagi. C'est juste que je ne l'ai pas vu.*

Teagan regarda le fantôme qui la fixait comme si elle pouvait lire la moindre de ses pensées.

— Teagan, tu n'as pas idée comme j'aimerais que

ta mère soit là, mais ce n'est pas le cas, dit son père calmement, refoulant sa peine.

Il tendit la main et la posa sur l'épaule de sa fille qui se dégagea d'une secousse.

— Au moins, *elle*, elle m'aimait *vraiment*, dit-elle.

— Bien sûr qu'elle t'aimait, dit son père. Et moi aussi.

— C'est pas vrai, dit Petite Teagan d'une voix tremblante. Tu t'en vas le jour de mon anniversaire, tu me détestes.

Son père s'assit au bord du lit et poussa un soupir découragé.

— Teagan, regarde-moi!

Personne ne bougea.

— Regarde-moi! gronda son père.

En entendant la colère dans sa voix, Teagan eut l'impression de recevoir une flèche glacée en plein cœur, mais l'effet sur Petite Teagan fut immédiat: elle pivota lentement, les yeux rivés au sol.

Son père, visiblement désolé d'avoir crié, tendit les bras et prit les mains de sa fille dans les siennes.

— Tu vas avoir une super fête avec Emily cet après-midi, dit-il. Et demain, quand je rentre, on va en ville et on t'achète ce que tu veux.

Teagan observa avec attention Petite Teagan dont elle vit la tête pencher encore plus.

— C'était toujours comme ça, dit-elle tout haut en se concentrant sur sa colère pour essayer d'oublier sa

154

culpabilité. Un problème? Hop! On sort le porte-feuille. Elle s'en fiche d'aller faire du shopping, c'est lui qu'elle veut.

— Tu veux dire toi. *Toi*, tu le veux, dit le fantôme.

— Oui... Enfin... je le voulais, rectifia-t-elle. Je n'ai plus besoin de lui aujourd'hui. J'ai l'habitude de ne pas le voir, croyez-moi.

— Mouais..., fit le fantôme, sceptique.

— Tu sais ce qu'on devrait faire? demanda le père de Teagan en baissant la tête et en regardant sa fille avec des yeux pleins d'espoir. On devrait faire notre danse spécial anniversaire.

— J'y crois pas, la danse d'anniversaire! s'exclama Teagan qui sentit une bouffée de chaleur et sourit. Je l'avais complètement oubliée. On la faisait chaque année. Cette stupide danse sur *You Are the Sunshine of My Life*...

— Oh, non! papa, pas ça! dit Petite Teagan en se dégageant et en croisant les bras sur sa poitrine. Je ne suis plus un bébé.

La déception de son père se lisait sur son visage.

— Mais nous la faisons chaque année..., insista-t-il, dépité.

— Eh bien, plus maintenant, conclut sa fille d'une voix odieusement sarcastique qui sonna de façon familière aux oreilles de Teagan.

Terriblement familière. Petite Teagan tordit sa bouche en un sourire condescendant.

— Très bien, dit son père en se levant. (Son ton était devenu glacial. Il était clairement blessé, et malgré cela Petite Teagan ne fit pas un geste vers lui.) Tes cadeaux sont en bas. Marcia sera là pour superviser la fête.

— Génial, dit sa fille.

Un sarcasme de plus.

*Marcia*, pensa Teagan en sursautant. *Marcia* est là ? Marcia Lupe avait été sa nounou un peu avant la mort de sa mère et jusqu'à ses treize ans environ. Teagan l'*adorait*. Elle avait été l'unique personne à laquelle Teagan acceptait de parler après la mort de sa mère. *Je me demande bien ce qu'elle est devenue,* s'interrogeait Teagan, troublée de se rendre compte qu'elle n'avait aucune idée de l'endroit où Marcia vivait à présent.

— Bon, on se voit quand je rentre, dit son père. (Il se pencha sur sa fille pour l'embrasser sur le front, mais, une fois encore, elle s'écarta. Son père se redressa en soupirant, les lèvres pincées.) Joyeux anniversaire. Je t'aime.

Et puis il se retourna et quitta la pièce à grandes enjambées. Petite Teagan fondit en larmes – incapable de contenir ce genre de débordement.

— La pauvre, murmura Teagan.

— Il fallait vraiment qu'il s'en aille, intervint le fantôme. Tu te rappelles la soirée organisée par ton père quelques semaines plus tard ? Tu y as surpris une conversation. Ses collègues disaient qu'il avait sauvé sa société au cours de cette fameuse réunion avec ses actionnaires.

— Mais comment vous savez ça, vous ?

— Si tu arrêtes de me poser cette question, la nuit va être beaucoup plus facile, dit le fantôme dans un soupir.

— D'accord, effectivement, j'ai entendu cette conversation, mais comment étais-je censée savoir à l'époque ? Regardez, je n'étais qu'une gamine.

— Mais assez grande pour écouter, dit le fantôme. Assez grande pour comprendre. Et assez grande pour savoir comment blesser quelqu'un.

Petite Teagan s'approcha de son lit et tira de sous son oreiller l'écharpe de soie que lui avait offerte sa mère pour un anniversaire et qu'elle gardait là depuis des années. Elle s'en couvrit le visage, pleurant de façon incontrôlable.

Peut-être que son étrange compagne avait raison, pensa Teagan en essayant de ravaler la grosse boule qui lui montait dans la gorge. Elle savait parfaitement ce qu'elle faisait en invoquant sa mère ainsi. D'accord, elle était furieuse, et il y avait de quoi. Mais elle aurait pu se montrer plus compréhensive. Elle aurait dû l'écouter. Elle aurait dû l'embrasser pour lui dire au revoir.

— Cela change tout, n'est-ce pas, de voir les choses de l'extérieur ? glissa le fantôme.

— J'aurais dû le rattraper, lui dire que moi aussi je l'aime. Regardez-la ! Elle ne serait peut-être pas dans cet état si elle arrêtait de se comporter comme une peau de vache...

— C'est toujours plus facile après coup de dire ce qu'il aurait fallu faire.

— C'est malin, ça !

— Ce n'est que la vérité, dit la femme en posant la main sur l'épaule de Teagan.

Le monde s'effaça autour d'elle, les pleurs de Petite Teagan résonnaient dans sa tête.

— Joyeux anniversaire, Teagan-Emily, joyeux a-nni-ver-saire !

Teagan et le fantôme apparurent dans la salle à manger juste au moment où une douzaine d'enfants terminaient de massacrer leur chanson. Marcia posa un énorme gâteau devant Teagan et Emily, assises l'une à côté de l'autre à un bout de la grande table.

— Ouah ! C'est vraiment Marcia ! Ça fait trop bizarre de la voir, s'exclama Teagan, le cœur serré.

Marcia ramena ses boucles brunes en arrière et sourit fièrement en reculant d'un pas. Teagan mourait d'envie d'aller la serrer dans ses bras, elle qui lui avait tenu lieu de mère pendant tant d'années. Mais elle savait que c'était impossible.

— Alors, qu'est-ce que vous en pensez ? demanda la nounou en joignant les mains et en regardant les fillettes.

— C'est magnifique! s'exclama Emily, tandis que Teagan gardait le silence.

Emily rajusta la couronne d'or posée négligemment sur ses boucles blondes. Celle de Teagan était restée accrochée au dossier de sa chaise.

— Je n'arrive pas à croire qu'ils nous faisaient encore porter des couronnes en sixième, se moqua Teagan en s'appuyant d'un bras au mur. Vous ne pouvez quand même pas me reprocher de ne pas avoir voulu compromettre mon sens de la mode!

— Emily porte la sienne, fit remarquer le fantôme.

— Et alors? Cette fille met tout ce que sa mère lui demande de porter. Regardez-la! Un pantalon en velours côtelé noir en mai!? Et son haut rose est tellement flashy qu'on en a mal aux yeux. C'est l'«Antimode» personnifiée.

Le fantôme soupira en secouant la tête.

— Quoi? lâcha Teagan.

Quand elle vit qu'elle n'obtiendrait rien de plus, elle s'adossa au mur pour se concentrer sur ce qui se passait autour d'elle. Le spectre au sparadrap pouvait penser ce qu'il voulait. Teagan savait qu'elle avait raison. Entre-temps, Emily était restée bouche bée devant le gâteau, dont le glaçage de crème était orné de fleurs roses et jaunes. Leurs deux prénoms y avaient été délicatement calligraphiés. Au-dessous de chaque prénom, treize bougies – douze pour l'anniversaire, une pour la chance.

Gary, à cette époque grand, mince et plutôt mignon – quand il ne faisait pas l'imbécile –, était penché sur la table et donnait à Petite Teagan des petits coups sur son bras.

— Aïe! Arrête! chouina-t-elle.

— Aïe! Arrête! imita Gary en grimaçant.

Quel abruti! pensa Teagan en se rappelant toutes les moqueries et les tours de Gary qu'elle avait endurés au fil des ans. La fameuse méthode «qui aime bien châtie bien»…

— Gary! Sois gentil! dit sa mère qui lui donna une tape sur la tête puis lui ébouriffa les cheveux. Allez, les filles, faites un vœu.

Petite Teagan fit la grimace et s'enfonça dans sa chaise en croisant les bras.

— Oh, allez! s'exclama Emily en riant.

Elle attrapa la main de son amie. Chaque année, elles se tenaient la main en faisant leurs souhaits, persuadées que cela aiderait à ce qu'ils se réalisent. Mais cette fois-ci Petite Teagan repoussa son amie et se détourna. Emily se décomposa, cherchant d'un regard indécis ses parents qui se tenaient un peu en retrait de l'autre côté de l'énorme table. Tous les autres enfants se tournèrent en suivant son regard.

— Vas-y, chérie, l'encouragea son père.

Emily haussa les épaules, prit une longue inspiration et souffla ses bougies. Tout le monde applaudit.

— Teagan ? Tu ne veux pas faire un vœu ? demanda Marcia.

— Non, répondit celle-ci d'un air buté. Et je ne veux pas de gâteau.

— Je ne veux pas de gâteau, imita Gary.

Marcia eut un rire embarrassé et jeta un coup d'œil aux parents d'Emily. Tous les enfants s'étaient rassemblés autour de la table et regardaient le gâteau en salivant. Marcia finit par se pencher et souffler elle-même les bougies de Teagan. Puis elle remporta le gâteau à la cuisine pour le découper.

— Ce sera prêt dans cinq minutes, cria-t-elle par-dessus son épaule.

Quelques grognements d'impatience se firent entendre, la plupart émis par les garçons. Emily claqua des mains.

— Je sais ! Jouons à « Qui est la star ? ».

— Ouais ! approuva Cassidy Sherman en levant les poings. Je commence !

Teagan éclata de rire.

— Cassidy Sherman était une bête à ce jeu. Chez elle, il devait y avoir quelque chose comme quatre cents films. Elle avait eu le câble avant tout le monde.

— Josh Harnett, dit Cassidy en regardant son voisin.

— OK. Il jouait dans *Pearl Harbor*, dit le garçon en regardant Jennifer Robbins.

— Ben Affleck ! s'écria Jennifer, très fière. Lui aussi il jouait dans *Pearl Harbor*.

— Ben Affleck, Ben Affleck… hum… *Armageddon*! enchaîna Emily en regardant Petite Teagan.

Celle-ci se contentait de faire la moue. Son visage rougit tandis qu'elle fixait ostensiblement le mur à l'opposé à Emily.

— Allez! C'est facile! dit Teagan à la boudeuse, les mains en porte-voix. *Armageddon*! Liv Tyler! Billy Bob! Owen Wilson! Oh, mais… est-ce qu'à cette époque les gens savaient qui était Owen Wilson? demanda-t-elle au fantôme.

— Moi, je préfère Luke, répondit sa compagne en haussant une épaule.

— Ça alors! Moi aussi! s'écria Teagan.

— Teagan? C'est ton tour, dit Emily d'une voix hésitante.

— Et alors?

— Elle ne sait pas! dit Gary en forçant son rire. Oh! la, la! C'est trop facile, et elle ne sait pas!

Il pointait du doigt Teagan en se tordant de rire.

— Bien sûr que je sais! protesta Teagan en donnant un grand coup dans sa main. C'est juste que je n'ai pas envie de jouer.

Gary continua de glousser et Teagan put se voir devenir de plus en plus rouge. Ça allait mal tourner.

— Ferme-la, espèce de crétin! gronda Teagan entre ses dents en lançant un regard furieux à Gary.

Si seulement elle pouvait défendre Petite Teagan… Plus celle-ci s'énervait, plus elle se sentait remuée.

— Pourquoi ? demanda Emily. Pourquoi tu ne veux pas jouer ?

— Paske c'est un jeu débile ! finit par crier Petite Teagan en se tournant brusquement vers sa meilleure amie. Je me demande même pourquoi tu as proposé d'y jouer. C'était une idée complètement stupide !

— Teagan ! la gronda la mère d'Emily. Excuse-toi.

Petite Teagan se tourna vers Mme Zeller.

— Vous n'avez pas à me dire ce que je dois faire ! Je suis chez moi, et vous n'êtes pas ma mère !

Mme Zeller pâlit et se tourna vers son mari, espérant son soutien. Malheureusement, il semblait encore plus embarrassé qu'elle.

— Allons, Teagan, c'est ton anniversaire, intervint Emily doucement. Son visage s'éclaira. Qu'est-ce que tu as envie de faire ? Choisis !

— Je veux que vous me fichiez la paix ! cria Petite Teagan en poussant sur la table pour reculer sa lourde chaise.

— Je veux que vous me fichiez la paix, répéta Gary d'une voix geignarde.

— La ferme ! hurla Petite Teagan. La ferme !

Gary finit par se taire.

Alors que Petite Teagan se précipitait hors de la pièce, elle croisa Marcia qui apportait des assiettes. Elle s'arrêta un instant, comme hésitante, puis fit sauter quelques assiettes des mains de Marcia, envoyant voler fourchettes et glaçage dans tous les sens.

Teagan s'étrangla.

— Non ! Comment ai-je pu faire ça !

Un morceau de gâteau s'écrasa par terre, un autre atterrit pile sur la tête de Jennifer qui se mit immédiatement à hurler. Petite Teagan fonça hors de la pièce tandis que Marcia se confondait en excuses et commençait à nettoyer le massacre. Mme Zeller s'occupa de Jennifer, hystérique, et Emily resta prostrée, regardant autour d'elle comme si elle venait de perdre sa meilleure amie.

— C'était quoi, mon problème ? demanda Teagan. Comme ai-je pu faire ça à Marcia ?

— Tu laisses ta colère prendre le contrôle, comme d'habitude, dit le fantôme.

Teagan choisit d'ignorer ce trait.

— Mais pourquoi ? Emily vient de me dire que nous pouvions faire ce que je voulais. En général, j'adore quand on me dit ça... C'est comme si je n'avais même pas envie de me détendre !

— Et tu crois que tu fonctionnes différemment aujourd'hui ? demanda le fantôme en se tournant vers elle et en la regardant droit dans les yeux.

Tandis qu'Emily se levait pour tendre à ses amies les parts de gâteau intactes, Teagan sentit son sang bouillir.

— Vous savez quoi, le fantôme ? dit-elle. Vous commencez sérieusement à m'énerver.

— C'est dommage, parce qu'on n'a pas fini.

# Entretien avec Teagan Phillips
## Un anniversaire très spécial en perspective
## Transcription 4

### Journaliste : Melissa Bradshaw
### *La Sentinelle de Rosewood*

MB : Ici Melissa Bradshaw, de retour avec Teagan Phillips pour discuter de sa très prochaine et très fashion soirée. Teagan, c'est chouette de te revoir.

TP : Eh bien, l'autre journaliste s'est révélé un parfait amateur…

MB : Mais que s'est-il passé exactement ? Il refuse d'en parler et a décidé que, désormais, il ne s'occuperait que du classement. Et tu imagines bien que ça n'a vraiment rien de folichon.

TP : Je suppose que chacun fait ce qui l'éclate. Bon, tu as une vraie question pour moi ou pas ?

MB : Ah oui, c'est vrai. Bon, je voulais savoir ce que tu attendais de cette soirée.

TP : Ce que j'attends... ?

MB : Eh bien, oui. Tu as investi toute ton énergie, énormément d'argent, et tu es une fille intelligente en train de tracer sa route vers les hautes sphères...

TP : Merci de l'avoir remarqué.

MB :... donc je suppose que tu en attends quelque chose de valorisant. Le prestige, la popularité...

TP : Es-tu en train d'insinuer que j'ai besoin d'organiser une soirée pour me faire des amis ? Parce que je te signale que j'en ai déjà. Des tas. Ce n'est pas comme si j'avais besoin de payer les gens pour qu'ils passent du temps avec moi.

MB : Non, bien sûr que non. Ce n'est pas du tout ce que je voulais suggérer. Je te demandais juste...

TP : Ce que j'attends de cette fête ? Eh bien, m'éclater et recevoir des tas de cadeaux. Ça te va comme réponse ?

MB : Pas mal.

## 11

Teagan se retrouva au milieu d'une rue plantée d'arbres, avec le soleil qui lui chauffait les épaules. Devant elle, une rangée de minuscules maisons, toutes du même modèle mais peintes dans des couleurs différentes. Des enfants jouaient à la marelle sur le trottoir, et dans les allées des jardins étaient garées des voitures bas de gamme, genre Hyundai et autres vieux modèles Honda. Tout cela était très familier à Teagan, mais elle était incapable de savoir pourquoi. Elle ne connaissait personne qui vive dans un quartier pareil. Pas de portails ni de longues allées sinueuses, pas d'arbres gigantesques pour garder d'énormes demeures à l'abri des regards.

— Où sommes-nous ? demanda-t-elle au fantôme tout en inspirant une longue bouffée d'air chargé d'un parfum de fleurs...

167

Elle sortit ses lunettes de soleil de son sac et les glissa sur son nez. Le fantôme lui attrapa les épaules et la fit pivoter. Tout lui revint immédiatement à l'esprit. La maison d'Emily ! À la contempler de l'extérieur, elle ressentait la même étrange impression que quand elle s'était retrouvée à l'intérieur, debout dans l'entrée. Elle reconnaissait la peinture écaillée et les volets noirs, devenus impossibles à fermer. L'horrible Ford Taurus noire dans l'allée. Le trou béant dans la barrière blanche datant du jour où Gary était passé à travers sur son skateboard – tout ça parce qu'il essayait d'impressionner Teagan, au lieu de quoi celle-ci s'était évanouie devant tout le sang répandu sur le trottoir. Il y avait la plate-bande de tulipes qu'Emily et Teagan avaient aidé à planter quand elles étaient en primaire. Et à la fenêtre, observant la rue avec un regard triste, il y avait Emily.

Emily avait l'air plus âgée qu'à son douzième anniversaire, mais plus jeune que pour le seizième. Ses longs cheveux blonds étaient retenus en arrière en une queue de cheval et son look s'était amélioré depuis ses douze ans. Elle portait un tee-shirt rose pâle style surfeur et un jean taille basse… probablement acheté en solde chez Old Navy, mais quand même, on était loin des horribles pantalons en velours côtelé.

— On est en quelle année ? demanda Teagan en faisant quelques pas dans l'allée.

168

Elle sentit une main se poser sur son épaule, et un instant elle crut qu'elles allaient encore s'envoler ailleurs, mais elles se retrouvèrent à l'intérieur, juste à côté d'Emily. Le vacarme de la fête qui se déroulait au sous-sol faisait trembler le sol sous les pieds. La musique et les rires emplissaient la maison, mais visiblement Emily n'était pas du tout d'humeur à s'amuser. Elle gardait les bras serrés sur son ventre et tenait dans une main un petit paquet.

— Qu'est-ce qu'elle fait? Elle sèche sa propre soirée d'anniversaire?

— Je te signale que ça fait un certain temps qu'on ne t'a pas vue à la tienne..., dit le fantôme.

— Ah oui? Et la faute à qui? jeta Teagan par-dessus son épaule.

— Eh bien, la tienne. C'est toi qui es tombée dans l'escalier.

— Euh, allô? Je suis morte! gronda Teagan. C'est possible, un peu de compassion?

— Hé! moi aussi, je suis morte, répliqua le fantôme.

Dehors, une voiture approchait. Emily bondit et se pencha par la fenêtre. Elle semblait très excitée. Mais quand elle vit que c'était une Acura grise, elle fit claquer sa langue et retourna à son poste d'observation. C'était un peu... triste. Teagan repensa à toutes les fois où elle avait fait le guet à la fenêtre, espérant voir son père apparaître.

— Qui attend-elle? demanda-t-elle.

Des pas se firent entendre sur les marches branlantes de l'escalier de la cave et le bruit de la fête explosa une seconde le temps que la porte se referme. Emily consulta sa montre tandis que Gary fonçait dans la pièce.

— Ouah! Tu parles d'un âge ingrat...

À environ seize ans, Gary mesurait au moins un mètre quatre-vingt-dix et devait bien peser cent vingt kilos. Son tee-shirt rouge était tendu au maximum sur ses bourrelets et son visage criblé d'énormes boutons rouges. Comment avait-il pu passer de *ça* au mec mignon des seize ans d'Emily?

— Je n'arrive pas à croire qu'il ait pu se laisser aller de cette façon, dit Teagan. Heureusement, il s'est repris en main.

Sa compagne leva les yeux au ciel.

— Tu crois que tu pourrais te concentrer deux minutes sur autre chose que les apparences? demanda-t-elle exaspérée.

— Quoi!? C'est juste une petite remarque, répliqua Teagan. Oh! allez, le fantôme, relax!

— Ben, alors, qu'est-ce que tu fais là? demanda Gary, complètement essoufflé, à sa sœur.

— Elle avait dit qu'elle viendrait, gémit Emily. Qu'est-ce qu'elle fait?

— Cette nana est une vraie naze si elle ne vient pas, dit Gary en faisant un geste, genre gangster cool, qui ne fit que lui donner l'air encore plus ringard. Mais en attendant... youh hou! Il y a plus de vingt personnes en bas qui *sont* venues...

— Ouais, mais elle avait dit qu'elle viendrait, insista Emily.

Teagan eut l'impression qu'un œuf venait de se loger dans sa gorge.

— Ils parlent de moi, là, pas vrai? demanda-t-elle au fantôme. Où est-ce que j'étais?

Le fantôme attrapa la main de Teagan. Un courant d'air chaud, et Emily avait disparu... La dernière chose que Teagan eut le temps de voir fut son ex-meilleure amie jeter le petit cadeau sur le canapé. Sur la carte qui y était attachée, un mot: «*Teagan*».

Teagan se tint la tête dans les mains un instant, essayant de faire passer son vertige. Elle sut où elle était avant même d'ouvrir les yeux. L'étage junior des grands magasins Neiman Marcus avait une odeur très caractéristique. Les parfums à la mode se mêlaient à ceux des tissus synthétiques et à l'air conditionné. Elle l'aurait reconnu entre mille.

— J'étais dans les grands magasins? demanda Teagan en ouvrant les yeux.

La pièce se mit à tourner et elle dut s'appuyer sur une table couverte de tee-shirts en soie colorée pour garder son équilibre.

— Je ne vois pas pourquoi tu es si surprise. Tu y

passes à peu près quatre-vingt-cinq pour cent de ton temps, dit la femme fantôme.

Elle essaya un chapeau, se tourna vers un petit miroir devant lequel elle s'appliqua à ajuster quelques mèches de cheveux.

— Ça c'est vraiment de la médisance gratuite, se défendit Teagan d'une voix irritée. Je vais au lycée...

— Je voulais dire de ton temps *libre*, dit le fantôme en abandonnant le couvre-chef.

C'est à cet instant que Teagan entendit sa propre voix, babillant de l'autre côté du stand des maillots de bain. C'était Teagan, âgée de quatorze ans, flanquée de Lindsee, d'Ashley et de Maya. Ashley était petite et dodue, les dents ornées de bagues transparentes. Les cheveux foncés de Maya étaient maintenus en arrière par un bandeau, et si on oubliait sa poitrine bonnet D, elle faisait beaucoup plus jeune. Lindsee était exactement la même qu'aujourd'hui, à part le maquillage plus léger. Teagan, presque maigre, les bras chargés de vêtements, semblait très sûre d'elle.

Teagan ne put s'empêcher de sourire en voyant combien elle avait embelli depuis ses douze ans. Cela montrait ce qu'une fille pouvait accomplir quand elle s'appliquait à cette tâche. Et arrêtait de manger. Et ne lisait que des magazines de mode et de beauté. Et avait beaucoup de temps libre.

— Tenez. Encaissez, dit la jeune Teagan en jetant

au moins trois douzaines de porte-manteaux sur le comptoir en verre. La caissière en laissa tomber l'exemplaire du *Elle* qu'elle était en train de lire.

— Tu vas être trop canon dans cette minijupe plissée, dit la jeune Teagan à Lindsee.

— Tu n'es pas *obligée* de me l'acheter, dit Lindsee qui tripotait ses cheveux d'un air absent.

— Arrête! Ce serait un crime de ne pas la prendre, répondit la jeune Teagan.

— Oh là là! Regardez ces étuis de portable! couina Lindsee en en attrapant un aux motifs zèbre sur un présentoir.

— Ils sont trop choux! s'extasia la jeune Teagan. Elle en avait choisi un à fourrure imprimée léopard et y faisait courir ses doigts. Il m'en faut un absolument.

— Excusez-moi, c'est de la vraie fourrure? demanda Maya qui saisit un étui marron, façon vison.

— Bien sûr que non, dit la caissière en pouffant tandis qu'elle ôtait l'antivol sur une veste en cuir rose que Teagan n'avait pas le souvenir d'avoir portée. Toute la gamme a été personnellement approuvée par Alicia Silverstone elle-même.

— Vous plaisantez, dit Ashley qui attrapa un modèle semblant avoir été taillé sur un dalmatien.

— C'est clair, je le prends, dit la jeune Teagan en lançant le sien sur la pile de vêtements.

— Teagan ! Ils coûtent cent dollars ! s'étrangla Ashley en regardant l'étiquette.

— Et alors ? dit la jeune Teagan en sortant une carte de crédit de son portefeuille. C'est papa qui paie !

— Hou, la vilaine ! minauda Lindsee.

— Tu veux voir du vilain ? Tiens ! (La jeune Teagan prit des mains de ses amies les trois étuis qu'elles tenaient et les laissa tomber sur le comptoir.) Cadeaux pour mes amies, dit-elle à la caissière avec un sourire.

— Teagan, non ! protesta Maya d'une voix peu convaincante tandis qu'elle lorgnait son étui avec une certaine concupiscence.

— Je t'en prie ! C'est mon anniversaire et je veux faire quelque chose de sympa pour mes amies, dit la jeune Teagan. De toute façon, il *fallait* que nous les prenions. Toute l'école va baver devant.

— Ton père va te tuer, dit Lindsee malicieusement.

— Tu parles, comme s'il allait remarquer quoi que ce soit...

— Nous nous sommes servies de ces trucs une semaine, dit Teagan avec un frisson. Tellement ringard.

— Quatre cents dollars pour du ringard..., dit platement le fantôme.

Tandis que la caissière s'agitait, pliant et empaquetant les achats, la jeune Teagan consulta discrètement sa montre. Teagan la vit se mordre la lèvre inférieure. Puis, quand elle s'aperçut que Lindsee l'observait, elle regarda ailleurs en rejetant ses cheveux en arrière.

— Ah, ouais! dit Lindsee en se glissant à côté de Teagan près du comptoir. Tu n'étais pas censée aller à cette fête de nazes cet après-midi?

La jeune Teagan lança un petit rire léger.

— Lindsee! Je t'en prie! Nous ne sommes même pas encore allées au rayon chaussures!

*OK, ça craint*, pensa Teagan en imaginant Emily assise à la fenêtre.

La caissière annonça le total à Teagan – plus de trois mille dollars – qui fit claquer la carte de crédit sur le comptoir sans hésitation. Elle signa le reçu d'un grand geste de la main et ses amies l'aidèrent à attraper ses nombreux paquets. Teagan et le fantôme les suivirent dans la galerie marchande.

— Vous savez ce qu'on devrait faire? dit Ashley les yeux brillants. On devrait aller au nouveau Häagen-Dazs! Je meurs de faim.

La jeune Teagan passa sa main sur son ventre plat.

— Ashley! C'est pas vrai! J'ai déjà ingurgité à peu près trois cents calories aujourd'hui. Tu me donnes envie de vomir.

— Il faut que je m'assoie, dit Teagan en se traînant jusqu'à un banc, dans le coin des restaurants. Elle fit tomber son sac et s'effondra, les jambes tendues devant elle. Encore un avantage d'être invisible. Jamais elle ne se serait laissée aller comme ça en public.

— Qu'est-ce qui t'arrive, Teagan ? demanda le fantôme en s'asseyant à côté d'elle et en croisant ses jambes au niveau des chevilles avec un air un peu guindé.

— Qu'est-ce qui m'arrive !? s'exclama Teagan en levant la tête brutalement, ses cheveux tombant en cascade dans son dos.

Ce mouvement brusque lui fit voir des petits points lumineux. Elle ferma les yeux et attendit que ça passe.

— Mais vous avez bien vu ! Je suis atroce ! Je veux dire, vous avez vu comme Emily était désespérée ? Je ne pouvais pas passer chez elle, ne serait-ce qu'une heure ? C'est quoi mon problème ?

— Tu étais concentrée sur autre chose. Pas forcément meilleure, répondit patiemment le fantôme. Tu as voulu que Lindsee et les autres soient tes amies à partir du moment où tu as passé les portes de Rosewood. Et ce jour-là, tu as trouvé un moyen d'y parvenir.

— Comment ça ?

Teagan regarda fixement sa compagne et, soudain, elle se souvint. Elle se souvint d'avoir appelé Lindsee ce matin-là et de lui avoir proposé d'aller faire du shopping. Elle se souvint que Lindsee lui avait répondu qu'elle avait déjà des projets avec Ashley et Maya. Elle se souvint de la panique qui l'avait envahie à l'idée d'être rejetée. Elle se souvint d'avoir dit à Lindsee qu'elle avait la carte de crédit de son père – et comment elle avait sous-entendu qu'elles pourraient toutes en bénéficier. Une demi-heure plus tard, Lindsee, Maya et Ashley se tenaient devant sa porte, prêtes à partir. Avait-elle réellement acheté leur amitié? Est-ce qu'aujourd'hui elles passeraient du temps ensemble si Teagan ne leur avait pas permis ce jour-là d'aller dépenser sans compter?

Comment le fantôme pouvait-il être au courant de ça?

Ce dernier inhala une grande bouffée d'air ambiant, gras et salé, se redressa et ferma les yeux.

— Mon Dieu! ça fait bien longtemps que je n'ai pas mangé un cheeseburger, laissa-t-elle échapper.

L'estomac de Teagan gronda.

— À qui le dites-vous, marmonna-t-elle, se sentant un peu faible.

— Bon, tu es prête pour notre prochaine balade? demanda le fantôme.

— Pas vraiment, répondit Teagan en se laissant aller un peu plus sur le banc.

— Dommage! dit le fantôme d'une voix désinvolte.

Elle passa son bras autour des épaules de Teagan et elles disparurent.

La page à potins

# Le sondage de la semaine

Par Laura Wood

Cette semaine, nous avons demandé à cent élèves ce qu'ils offriraient à l'élève de seconde, la star du moment, Teagan Phillips, pour son anniversaire. Désolée de gâcher la surprise, Teagan, mais il fallait absolument qu'on publie certaines réponses.

Jannice Bennet, première : Je pensais à trois robes Shelli Segal, le même modèle en différentes tailles. Comme ça, si elle perd son gras de bébé ou bien au contraire si elle enfle, il y en aura toujours une qui lui ira bien.

Tyler Rascoe, seconde : J'ai déjà commandé quelque chose chez Hard Lingerie. Je devrais d'ailleurs recevoir le fouet d'un jour à l'autre.

Christian Alexi, seconde : Des cartes cadeaux American Express. Comme ça si quelqu'un les vole, il ne pourra pas les utiliser. C'est un cadeau pour consommateur responsable.

Viola Fellini, terminale : Beuh ! En tant qu'élève de terminale, je pense que je devrais pouvoir être exemptée de ces fêtes d'anniversaire…

Shari Marx, seconde : Elle m'a offert un bon pour un

changement de look. Je crois que je vais lui offrir un bon pour un cours de gym.

Max Modell, seconde : Je n'ai pas encore décidé. Peut-être que je vais lui faire encadrer un des portraits de mon nouveau book.

Maya Reynolds et Ashley Harrison, secondes : On ne peut pas vous le dire ! C'est une surprise ! Mais ça va être top !

# 12

— Oh, yeah ! bébé, ça devient chaud ici ! s'exclama Stephen au micro en levant un bras en l'air.

Teagan fit un tour sur elle-même. Elle était de retour à sa fête. La piste de danse était bondée, et apparemment Stephen avait décidé de continuer dans le registre DJ animateur ringard.

*Si j'étais en vie, j'annulerais immédiatement son chèque,* pensa Teagan. Mais elle ne s'attarda pas trop sur ce problème. Elle avait enfin l'opportunité de jeter un œil au résultat de tous ses efforts. Elle se glissa jusqu'au bord de la piste pour avoir une vue d'ensemble.

Tout autour de la salle, montés sur des estrades individuelles, les mannequins posaient avec l'air de s'ennuyer profondément. Teagan aperçut Trey Duncan qui essayait d'engager la conversation avec l'une d'entre elles – Bonnie, si sa mémoire était bonne –, mais la fille, suivant à la lettre les instructions de Teagan, l'ignora. Celle-ci avait été très claire : les models étaient là pour poser et mettre ses vêtements en valeur. Pas question de faire ami-ami avec les invités. Par contre, évidemment, elle ne pouvait pas en vouloir à Trey d'essayer. Dans cette minirobe drapée, au décolleté orné de plumes, Bonnie était vraiment mignonne. Malgré la folie de la situation, Teagan ne pouvait s'empêcher d'admirer ses créations.

— Pas mal, dit le fantôme en suivant son regard. Tu es douée.

— Je sais, dit Teagan. Mais elle surprit le regard désapprobateur du fantôme. Je veux dire : merci. La vache. C'est si mal d'être sûr de soi ?

— Assurance est une chose. Méga ego une autre.

— OK, c'est bon, j'ai compris, dit Teagan en agitant la main.

Sur la piste, battant des mains en rythme, les gens s'étaient regroupés en un cercle approximatif autour d'un danseur probablement en pleine chorégraphie. Incroyable ! Personne ne semblait avoir remarqué son absence.

Shari Marx se précipita vers la foule perchée sur ses Jimmy Choo et, avant que Teagan ait eu le temps de s'écarter, elle lui passa au travers. Chaque cellule de son corps sembla exploser, provoquant une douleur terrible. Ses yeux éclatèrent. Son cœur s'arrêta.

Sa peau grésilla, se consuma, il ne lui resta que ses os carbonisés. Teagan chancela et recula jusque dans les bras du fantôme, hurlant de panique. *Oh, mon Dieu! Ça, c'est mourir!* pensa-t-elle affolée, des gouttes de sueur perlant sur sa peau. *Shari Marx vient de me retuer.* Ses yeux roulèrent follement, et quelque part son cerveau enregistra qu'elle ne s'était pas, en fait, décomposée. Elle pouvait voir que son corps était intact, mais elle ne parvenait pas à croire qu'elle avait survécu à une telle sensation. Terrifiée, Teagan essaya d'inspirer, mais ses poumons semblaient ne pas vouloir lui obéir.

— Calme-toi, Teagan, respire doucement, dit le fantôme en lui passant la main dans le dos. Tu es toujours là. En quelque sorte.

D'un coup, Teagan sentit sa poitrine s'ouvrir, sa gorge et ses poumons se remplir d'air. Elle toussa et tituba jusqu'à un coin désert de la piste de danse.

— C'était quoi, ça? demanda-t-elle, une main sur la poitrine.

Petit à petit, son cœur se calma, et seule sa peau continua de vibrer.

— Je sais. Terrible, n'est-ce pas? dit sa compagne en faisant une grimace.

Teagan lui lança un regard assassin, mais une grande clameur montant de la piste de danse la détourna de ses envies meurtrières.

— Qu'est-ce qui se passe, là-bas? demanda-t-elle en se forçant à se redresser.

Inspire, expire, inspire, expire.

— Je ne sais pas. Tu n'as qu'à aller voir, suggéra le fantôme.

— Ah, non! protesta Teagan. Il n'est pas question que je traverse tous ces corps.

Le fantôme leva les yeux au ciel puis posa sa main sur l'épaule de Teagan et elles réapparurent immédiatement au centre du cercle. Teagan resta bouche bée quand elle découvrit ce qui retenait l'attention de la foule: Lindsee et Max en train de se donner en spectacle. Ses hanches à elle étaient collées à celles de Max tandis qu'ils descendaient jusqu'au sol puis se redressaient. Lindsee lança ses bras en l'air et secoua la tête d'avant en arrière, se trémoussa – visiblement elle se prenait pour Christina Aguilera. Elle se tourna et se pencha en avant, frottant son derrière contre l'entrejambe de Max. Tous les garçons dans l'assistance se mirent à crier et à siffler.

— J'hallucine! Passez-moi un extincteur…, dit Teagan. Elle observa autour d'elle ses soi-disant amis. Est-ce que quelqu'un en a quelque chose à faire que ce soit mon mec? Hé! C'est *mon* anniversaire! C'est *moi* qui devrais être là, avec lui… Elle se tourna vers sa compagne. Mais pourquoi vous m'avez amenée ici? Vous croyez vraiment que j'avais besoin de voir ça?

— J'avais cru comprendre que tu voulais jeter un œil à ton œuvre..., lui rappela le fantôme.

Melissa Bradshaw, envoyée spéciale, tournait autour du couple l'appareil photo à la main, un grand sourire aux lèvres tandis qu'elle les mitraillait. Non seulement tous les gens que Teagan connaissait assistaient à la scène, mais en plus, le mercredi suivant, quand *La Sentinelle* paraîtrait, de magnifiques photos en couleurs leur rappelleraient cette scène édifiante. Bien sûr, l'article serait sûrement accompagné de sa notice nécrologique, donc tout cela serait dépassé.

— Pour te dire la vérité, j'avais seulement envie de voir ce que donnait le numéro d'Ashley et Maya, dit le fantôme, dont le visage se fendit d'un large sourire. Ah! Voilà Maya!

Effectivement, Teagan vit Maya émerger de la foule avec une curieuse expression sur le visage. Elle portait une élégante robe noire coupée en biais, dont le corsage ne comportait qu'une bretelle. Teagan l'avait déjà vue dedans une bonne centaine de fois, mais elle devait admettre qu'elle lui allait bien. Après un coup d'œil à l'horrible show qui se déroulait sur la piste, Maya fonça au centre du cercle.

— Lindsee? Mais qu'est-ce que tu fais? demanda Maya en attrapant son amie par le bras et en l'écartant brutalement de Max.

Teagan n'en croyait pas ses yeux. Elle n'aurait

jamais pensé que Maya pût s'opposer à Lindsee. Jamais. Et encore moins provoquer un conflit.

— Je danse! La vache! C'est quoi ton problème? demanda Lindsee tandis que Max continuait à se frotter contre elle.

— Et Teagan, alors? C'est sa fête, et toi tu es en train d'allumer son mec!

— Oh! s'exclamèrent quelques spectateurs.

— Bravo! approuva Teagan.

— Baisse d'un ton, Maya, lui dit Max en passant un bras autour de la taille de Lindsee. Tu vas faire exploser des verres.

— En plus, ça doit bien faire une demi-heure que personne ne l'a vue, ajouta Lindsee en haussant les épaules. Elle doit être occupée à se regarder dans un miroir quelque part.

— Hou! la chienne! s'exclama Teagan.

Maya donnait l'impression qu'elle allait exploser: impossible de leur faire entendre raison. Indignée, elle leur tourna le dos, mais resta figée, bouche bée. Suivant son regard, Teagan et le fantôme découvrirent Ashley qui venait juste de s'ouvrir un chemin jusqu'au centre du cercle. Elle portait une robe qui n'était pas la même que celle de Maya, mais diablement ressemblante. Noire. Moulante. La bretelle sur l'épaule opposée.

Le fantôme explosa de rire.

— Elles sont pas croyables, ces nanas!

Atterrée, Teagan regarda Ashley et Maya s'enfoncer dans la foule chacune de leur côté.

— Les filles! Ce n'est pas la même robe! cria Teagan, en vain. Même si elle s'était vraiment trouvée dans la pièce, elles n'auraient pu l'entendre pardessus la musique.

— Je n'arrive pas à croire que Maya m'ait défendue contre Lindsee, finit par dire Teagan en se tournant vers le fantôme.

— Parfois on a besoin d'une situation pourrie pour savoir qui sont nos vrais amis. La mort, par exemple...

— Mais je ne faisais quasiment pas attention à elle, dit Teagan, sans prendre la peine de réagir à la blague du spectre. En plus, Lindsee et moi n'arrêtions pas de nous moquer d'elle et d'Ashley dans leur dos.

— Peut-être que tu n'aurais pas dû, dit le fantôme. Maya est assez orgueilleuse et un peu suiveuse, mais c'est une personne de valeur. Et c'est Ashley qui a eu l'idée du cadeau génial qu'elles t'ont fait – soit dit en passant, elles ont mis des semaines à tout réunir.

— C'est vrai?

— Oui. Ce qui ne t'a pas empêchée de complètement l'ignorer à partir du moment où tu as remarqué qu'elles portaient la même robe et que cela risquait de faire tache dans ta grande fiesta, dit le fantôme. Très sympa.

— Oh, mon Dieu!... Ashley m'a même appelée ce matin pour me chanter *Joyeux anniversaire* et je l'ai carrément envoyée balader, ajouta-t-elle en se couvrant le visage des mains. Vous avez raison... Ce sont de vraies amies.

Le fantôme hocha la tête.

— Par contre, Lindsee...

Sa voix s'éteignit tandis qu'elle jetait un coup d'œil au show Lindsee-Max, qui apparemment devenait chaque seconde un peu plus chaud.

— Je n'en peux plus. Teagan secoua la tête. (À un mètre d'elle, Max attira à lui une Shari plus que consentante et se plaça en sandwich entre Lindsee et Shari.) On ne pourrait pas s'en aller ?

— J'avais peur que tu ne le demandes jamais.

Elle prit le bras de Teagan et l'emmena loin.

Teagan se rematérialisa une nouvelle fois dans le salon d'Emily, mais cette fois-ci l'ambiance était beaucoup plus calme. Après un regard circulaire, elle constata que la pièce était remplie de gens habillés tout en noir. Robes noires, costumes noirs, chemises noires, sacs noirs. Le père d'Emily discutait avec un prêtre près de la fenêtre, chuchotant et hochant la tête. Deux femmes d'âge moyen s'étreignaient dans un coin tandis qu'une autre se tamponnait les yeux avec un coin de son mouchoir. La mère d'Emily sortit de la cuisine le visage trempé de larmes et posa un plateau de cookies sur la table basse. Tout le monde chuchotait en suivant Mme Zeller des yeux.

— Qu'est-ce qui se passe ? Qui est mort ? demanda Teagan.

Le fantôme fit claquer sa langue et secoua la tête.

— Ben, quoi ? C'est une bonne question ! dit Teagan. Qu'est-ce qui s'est passé ?

Puis ses yeux tombèrent sur Emily et elle resta muette. Emily avait l'air… vieille. Pas ridée ou la peau tachée, non ! juste plus vieille. Les rondeurs de l'enfance avaient quitté son visage, révélant des pommettes hautes et des yeux brillants. Ses cheveux étaient tirés en chignon et elle portait un pantalon noir qui la mettait en valeur. Elle était ravissante. Sophistiquée. Et très, très triste.

— C'est… c'est le futur ? demanda Teagan qui sentit ses genoux flancher.

— Ouaip, dit le fantôme. Dans six années, pour être exacte.

— Ouah ! Dingue ! dit Teagan. Puis son cœur cafouilla quand elle se rappela combien ç'avait été terrifiant de se voir à douze ans. Je suis là ? De quoi j'ai l'air ?

Le fantôme leva les yeux au ciel.

— Concentre-toi, tu veux ?

Gary entra dans la pièce. Il portait un costume et n'avait pas changé depuis les seize ans d'Emily, à part ses cheveux un peu plus courts. Il s'assit à côté de sa sœur sur le canapé, passa ses bras autour d'elle et la serra contre lui.

— C'est ma faute, dit Emily qui regardait droit devant elle. J'aurais dû être là. J'aurais pu l'aider.

— Emily, voyons, dit Gary d'une voix apaisante. Qu'est-ce que tu voulais faire ? Renoncer à l'université ? Tu crois que ça aurait résolu quoi ?

— J'aurais pu l'aider ! dit Emily en haussant la voix. J'aurais fait quelque chose !

Un silence inquiétant tomba sur la pièce déjà fort calme. Emily remarqua que tout le monde la regardait et elle fixa ses genoux, s'efforçant de ne pas pleurer. Gary l'attira à lui tandis qu'elle posait sa tête sur son épaule, les larmes coulant silencieusement sur son visage pour venir s'écraser sur le revers de sa veste.

Teagan remarqua un enfant d'environ douze ans assis à l'autre bout du canapé. Il balançait ses pieds, stoïque, le regard perdu dans le vide. Ses cheveux bruns étaient ébouriffés et sa chemise paraissait bien trop grande pour lui. Il portait une cravate si courte qu'elle semblait avoir été achetée pour un enfant de huit ans en l'honneur de sa première communion.

— Ricky, tu veux manger quelque chose ? lui demanda Mme Zeller en se penchant vers lui.

— Non. Laisse-moi, répondit Ricky d'une voix sombre.

Teagan connaissait cette voix. Elle connaissait ce ton. Juste après la mort de sa mère, elle parlait exactement comme ça. C'est tout ce qu'elle eut besoin d'entendre pour comprendre enfin ce qui se passait.

Elle eut l'impression de recevoir un choc dans le ventre et recula pour aller s'appuyer contre le mur derrière elle. C'était les obsèques de Catherine. La tante d'Emily. La mère de Ricky était morte.

— Oh, mon Dieu ! dit Teagan.

— Allons, Ricky, insista Mme Zeller en lui touchant le genou. Je sais que tu es très triste, mais il faut que tu manges un peu.

Ricky bondit de son siège.

— Je t'ai dit de me laisser tranquille ! hurla-t-il, la colère lui sortant par tous les pores.

Il fit demi-tour et courut hors de la maison, claquant la porte si fort que tous les murs tremblèrent. Teagan ressentait chaque milligramme de sa colère. Soudain ce fut comme si sa mère mourait de nouveau. Elle percevait la colère, la confusion, le vide terrible laissé par cette perte comme si ça s'était passé la veille.

— J'y vais, dit Gary en se levant.

— Qu'est-ce qui s'est passé ? demanda Teagan, une main sur son estomac. De quoi est-elle morte ?

— D'une overdose. Elle avait fait de nombreuses cures de désintoxication ces dernières années, mais aucune n'a marché. Ricky l'a trouvée dans la salle de bains en revenant de l'école.

— C'est affreux, dit Teagan en se couvrant la bouche.

Son estomac se tordit et elle sentit la bile monter au fond de sa gorge. Les larmes aux yeux, elle essaya de se ressaisir, mais l'émotion palpable dans la pièce la força à tourner le dos au salon.

— Tout ça, c'est parce que je l'ai fait virer? finit-elle par demander. C'est pour ça que vous me montrez ça?

Le fantôme soupira.

— Elle devait être promue le soir de ta fête. Elle aurait reçu une augmentation et une prime. Au lieu de ça, elle a dû enchaîner des petits boulots pourris, travailler vingt-quatre heures sur vingt-quatre toute la semaine pour pouvoir joindre les deux bouts et rembourser ses dettes. Du coup, elle a fait une grosse dépression et s'est remise à se droguer. Comme elle n'a jamais pu se payer d'assurance, elle n'a évidemment pas bénéficié d'un traitement correct. Malheureusement, il y a peu de recours pour les gens comme Catherine. À partir du moment où elle a été renvoyée, elle était perdue.

Teagan lutta pour reprendre son souffle tandis qu'elle regardait son ancienne meilleure amie éclater de nouveau en pleurs. Emily pensait que c'était sa faute, alors que c'était celle de Teagan. Elle allait traîner ce poids jusqu'à la fin de sa vie à cause de Teagan. Et pour Ricky, plus rien ne serait jamais comme avant.

— Je ne savais pas…, bafouilla Teagan, je ne pensais pas…

— C'est bien ça le problème, Teagan, dit le fantôme en lui prenant doucement la main.

## Entretien avec Teagan Phillips
## Un anniversaire très spécial en perspective
## Transcription 4 (suite)

**Journaliste : Melissa Bradshaw, rédactrice en chef**
*La Sentinelle de Rosewood*

MB : À quelle heure commence la soirée du siècle ?

TP : À huit heures. Et nous avons la salle jusqu'à une heure, mais je suis sûre que nous allons tenir plus longtemps.

MB : Sûr. Après tout, qu'est-ce que c'est deux mille dollars de plus par heure...

TP : Exactement ! Bon, en tout cas, tu peux être sûre que je serai la dernière sur la piste. Enfin, moi, Max, Lindsee et le reste de la bande. Nous, on sait faire la fête.

MB : Je n'en doute pas.

TP : Après le country club, nous continuerons sûrement chez moi. Crois-moi, personne ne va vouloir que cette nuit s'achève.

# 13

Soudain, Teagan sentit le plancher sous ses pieds. Elle balaya lentement du regard la salle de réception du country club. Les choses s'étaient plutôt calmées. Stephen semblait avoir disparu en laissant tourner un morceau de R & B assez mou. Les invités reprenaient place à leur table. Les serveurs se déplaçaient silencieusement, déposant des assiettes remplies de filet mignon ou de saumon devant les hôtes ravis. Teagan se surprit à se demander à quelle table la tante d'Emily avait été assignée. Si elle n'avait pas piqué sa crise, Catherine serait-elle en train de sourire et de discuter avec ses collègues comme la petite brune à l'autre bout de la salle? Serait-elle en train de rêver à un avenir brillant? Le simple fait d'y penser épuisa Teagan. Décidément, c'était difficile de se mettre à la place des autres.

— Il fallait vraiment qu'on vienne là ? demanda-t-elle au fantôme. Ses épaules s'affaissèrent. Je m'en fiche un peu, maintenant, que les gens soient impressionnés ou pas.

— Eh bien, oui. Là, tout de suite, c'est ici que nous devons être.

Teagan parvint à lever les yeux et jeta un coup d'œil à la table où elle aurait dû se tenir en compagnie de Max, de Lindsee, de Ashley, de Maya et des garçons. Seuls Christian et Marco y étaient assis. Ils étaient en train de déchiqueter les petits pains à l'huile d'olive. Ils mettaient des miettes partout, on aurait dit deux chiens errants affamés. Personne ne semblait avoir remarqué que l'invitée d'honneur était portée disparue.

— Vous savez quoi ? Allez vous faire voir. J'en peux plus de tout ça, jeta Teagan à sa compagne.

Elle fonça à travers la pièce en serrant son sac contre elle. Slalomant entre les tables, elle prit garde d'éviter tout contact humain.

— Où tu crois aller comme ça ? lui cria le fantôme.

— J'en sais rien ! Le plus loin possible de vous !

Elle était presque libre quand elle aperçut son père affalé sur une chaise près d'un mur. Lui et Karen étaient en pleine conversation devant une table couverte de verres abandonnés à moitié pleins. Karen avait tiré sa chaise à côté de celle de son fiancé afin de pouvoir lui tenir la main. Teagan n'avait jamais vu son père aussi désespéré, à part peut-être durant les flash-back effrayants auxquels elle avait assisté cette nuit.

— C'est ma faute, disait-il en regardant les mains de sa fiancée. Je l'ai trop gâtée.

Le cœur de Teagan se mit à battre très fort et elle fit un pas hésitant en direction du couple. Elle n'était pas tout à fait sûre de vouloir entendre ce qu'ils disaient, mais c'était trop tentant.

— Michael, ne sois pas si dur avec toi-même, dit Karen en lui caressant la joue.

— Mais c'est ma fille! Je suis responsable d'elle. Qu'est-ce que j'ai fichu pendant tout ce temps?

Karen se pencha un peu plus et leurs genoux se touchèrent.

— Tu as fait ce que tout père aimant aurait fait, dit-elle fermement en le regardant dans les yeux. Tu as donné à ta fille le meilleur.

— J'ai manqué d'attention, dit le père de Teagan d'une voix tremblante. Je ne lui ai pas donné le meilleur de moi-même.

*Nom d'un chien. Il ne vient pas de dire ça!* pensa Teagan. Elle ne parvenait pas à y croire. Il avait compris. Il avait vraiment compris qu'il n'avait jamais été là. Toutes ces années, elle avait cru qu'il ne se rendait tellement compte de rien qu'il en était arrivé à oublier qu'elle existait. À présent, tout ce dont elle avait envie, c'était de hurler son soulagement. Son père venait de confirmer le ressentiment qu'elle avait eu à son égard. En même temps, elle fut saisie d'une incroyable urgence de le serrer dans ses bras et de lui dire que tout allait bien. Qu'il n'était pas un père indigne. Le voir si désespéré, brisé, lui fit penser qu'elle avait peut-être dramatisé tout ce qui s'était passé entre eux. Était-ce cela qu'elle avait tant cherché? Un peu de reconnaissance? Quelques mots stupides? À cet instant, elle l'aima comme elle n'avait jamais aimé personne auparavant. Tout ça parce qu'elle avait découvert une faille dans son armure.

Son père inspira un grand coup et se redressa en secouant la tête. Puis il se pencha en avant et soupira.

— Quand Lauren est morte, je n'ai pas su comment me rapprocher d'elle. Elle me rappelait tellement sa mère, c'était trop dur.

— Bien sûr, dit Karen d'une voix douce.

Il était évident que ça ne la dérangeait pas de parler avec lui de sa première femme. Teagan pouvait voir à son expression que ce qui comptait pour cette femme, à cet instant, c'était d'être présente auprès de son fiancé.

— Je me suis éloigné, je m'en rends compte maintenant, continua son père, qui ne pouvait plus s'arrêter de parler. Je lui ai donné des *choses* au lieu de la prendre dans mes bras. Je m'excusais avec des cadeaux. Je n'étais jamais là. Si seulement je pouvais tout recommencer...

Il n'était plus question de contrôler quoi que ce soit. Teagan fondit en larmes. C'était tellement bon de ne pas essayer de les retenir. Elle avait passé tellement d'années à se forcer à ne pas pleurer qu'elle avait oublié l'incroyable soulagement que c'était.

Son père l'aimait. Vraiment.

Le fantôme apparut derrière elle et lui tendit une serviette. Teagan s'essuya le visage, laissant d'énormes traînées de mascara, d'eye-liner, de fond de teint et autre blush. Tout le travail de Sophia Killen, massacré. Teagan rit entre ses larmes, imaginant de quoi elle devait avoir l'air. L'invisibilité avait du bon.

— Tu es à faire peur, dit le fantôme.

— On s'en fiche – hé! vous avez entendu? dit Teagan en souriant.

— Et comment! répliqua le fantôme, l'air satisfait.

Teagan regarda son père. Elle aurait tout donné pour récupérer son corps. Elle n'avait aucune idée de ce qu'elle lui dirait, mais ce serait forcément juste.

C'est à ce moment que son père lâcha :

— J'ai l'impression d'avoir trahi Lauren.

Teagan s'arrêta de pleurer d'un coup, envahie par la panique.

— Quoi? Oh, non, papa!

— Bien sûr que non, dit Karen à son père.

— Si, répliqua-t-il. Notre enfant est magnifique, mais je n'ai aucune idée de ce qu'elle est à l'intérieur d'elle-même. Qui est cette fille qui a hurlé contre la serveuse ? Contre moi ? Qui a quitté sa fête pour je ne sais où sans rien dire à personne ? Qu'est-ce qu'il y a dans sa tête ? Quel genre de personne est-elle ?

— Il me trouve atroce, se désola Teagan. Je ne suis pas un monstre, papa. Allez, quoi ! C'était une nuit super stressante ! Je ne savais pas ! Je ne savais pas qu'elle avait tant besoin de son travail...

— Ils ne peuvent pas t'entendre, Teagan, lui rappela pour la énième fois sa compagne.

Teagan se retourna brutalement, la vision brouillée.

— Mais il faut que je lui dise ! Je ne veux pas qu'il pense qu'il a élevé un monstre. Ce n'est pas sa faute, c'est...

Teagan entendit ce qu'elle était en train de dire et ferma la bouche. Le fantôme la regardait, attendant la suite, mais son expression condescendante lui donna la chair de poule. Teagan n'allait pas dire que tout était sa faute.

Inspirant un grand coup, elle s'essuya les yeux et reprit contenance. Elle ne pouvait pas croire qu'elle avait pleuré ainsi devant ce stupide fantôme. Elle en avait plus qu'assez.

— Je ne vais pas supporter ça plus longtemps, dit-elle calmement. Vous et moi, c'est terminé.

Elle tourna les talons : il lui fallait mettre le plus de distance possible entre elle et son père. Il lui était impossible de continuer à l'écouter – écouter sa *déception* – en sachant qu'elle n'avait plus aucun moyen de se rattraper. Elle était morte, son père le découvrirait bientôt et il penserait jusqu'à la fin de sa vie qu'elle n'avait été qu'une horrible petite peste. Et que tout était sa faute.

*Mais je ne suis pas horrible, non !* se répéta Teagan – pour ne pas l'oublier.

Elle était toujours dans les premières de sa classe et l'une des filles les plus populaires du lycée. Son futur s'annonçait brillantissime. Il n'y avait qu'à voir la soirée incroyable qu'elle avait réussi à organiser toute seule, les vêtements qu'elle avait dessinés ! Avec ses goûts exquis, son talent, son sens de l'organisation, elle aurait pu être une styliste mondialement reconnue, organisatrice de fêtes pour stars ou rédactrice en chef dans un grand magazine de mode. Elle aurait pu faire tout cela. Si, bien sûr, elle avait été encore en vie.

Le fantôme pouvait aller se faire voir.

Teagan poussa la première porte qu'elle vit et la franchit le menton levé en signe de défi. Elle s'arrêta quand elle réalisa que c'était dans la cuisine qu'elle avait jailli avec autant de détermination. Tout à coup, la fumée montant des cuisinières l'assaillit et le bruit des casseroles et des marmites qui s'entrechoquaient agressa ses nerfs déjà mis à rude épreuve. Une demi-douzaine de chefs et des aides-cuisiniers couraient dans tous les sens, cuisinant, nettoyant, criant, créant une marée humaine infranchissable.

Traverser un de ces types était bien la dernière chose dont elle ait envie.

À cet instant, Stephen surgit de derrière une haute étagère, les bras chargés de plateaux d'aluminium. Que pouvait-il bien faire ici ?

— Hé ! Tu peux m'emballer tous ces amuse-gueules ? lança Stephen à l'un des assistants. Et vous n'auriez pas du pain en rab ?

— Sûr, mec, lui répondit un garçon au tablier blanc maculé de taches. Dis donc, j'ai bien écouté ton set. T'es pas mauvais…

— Merci, dit Stephen.

— Moi aussi, je mixe un peu, poursuivit l'aide-cuisinier.

— Où ça ? Dans la cave de ta grand-mère ? marmonna Teagan.

— Ah ouais ? Tu t'en sors comment ? demanda Stephen.

— Je pourrais te faire écouter deux, trois trucs, dit le gamin qui fit mine de lustrer ses ongles sur son tee-shirt puis éclata de rire.

Stephen lui donna une tape sur l'épaule.

— Tu devrais passer me voir un peu plus tard dans la soirée et me montrer ce que tu sais faire.

— Sérieux ?

— Sérieux.

— Génial ! Parfait ! Demandons donc au serveur

de faire le DJ à ma soirée à un million de dollars! s'écria Teagan. Quelle merveilleuse idée.

Les deux garçons chargèrent ensemble des plateaux avec les restes de hors-d'œuvre du cocktail.

— C'est cool que tu fasses ça, dit l'aspirant DJ à Stephen qui se frotta les mains avant de saisir un plat rempli de légumes crus. Les gens du foyer doivent t'adorer.

Stephen fit un grand sourire et haussa les épaules.

— Tout le monde mérite un bon repas de temps en temps.

Au même instant, le fantôme poussa les portes battantes.

— Il va laisser ce gamin mixer à ma soirée, lui annonça Teagan. Et ils sont en train d'embarquer tous les hors-d'œuvre que j'ai payés! Stephen Beckford est en train de me voler!

— Tout le monde, excepté la reine de la soirée, poursuivit l'aide-cuisinier en riant. Tu as remarqué ses fesses? On voit presque ses os... Tu crois que ça lui arrive de manger?

— OK, on tire un trait sur le petit extra qui se moque de moi, siffla Teagan.

— Mais il vient de dire que tu as un petit cul, dit le fantôme. Je pensais que ça te ferait plairait.

— Est-ce que tu as vu la taille de la bagnole dans laquelle elle est arrivée? continua l'apprenti. Ils ont embauché deux gardiens rien que pour la surveiller.

Hé! Tu pourrais peut-être t'en servir pour distribuer quelques-uns des cadeaux qu'elle a reçus.

— Ouais, t'as raison, dit Stephen en recouvrant son plateau d'un couvercle en carton. Mais je suis sûr que cette fille préférerait se faire arracher les ongles des pieds plutôt que d'abandonner son magot.

À cet instant, Teagan aurait subi n'importe quelle torture pour pouvoir gifler son visage suffisant.

— Tu ne me connais même pas! Comment peux-tu me juger, sale voleur! cria-t-elle.

Teagan tremblait de rage. Il était si sûr de son bon droit, le petit Robin des bois. Voler les riches pour donner aux pauvres en se la pétant devant son petit camarade... Et après ça, il allait rentrer dans son super loft bourré de tout le matériel high tech possible et imaginable, écran plat géant et son dolby stéréo. Allez...

— Mais qu'est-ce qu'ils ont tous? demanda Teagan au fantôme. Qu'est-ce qu'ils ont à s'imaginer qu'ils me connaissent? Je peux être quelqu'un de bien! Ce matin, j'ai donné cinquante dollars à une femme dans la rue!

— Oui, mais pourquoi? demanda le fantôme. Parce que tu voulais l'aider ou parce que tu te sentais coupable?

Teagan, troublée, cligna des yeux, mais se reprit très vite.

— Oh, allez! Ce qui compte, c'est que je les lui aie donnés, non?

— Bon, je ferais bien d'aller mettre tout ça dans la camionnette, dit Stephen en saisissant les plateaux. Il faut que je retourne faire mon boulot.

— Un peu, ouais! s'exclama Teagan.

— Hé, mec, repasse après le gâteau. Ça m'étonnerait que tous ces obsédés des régimes y touchent.

Stephen rit tandis que, les bras chargés, il passait à reculons les portes battantes qui donnaient sur le parking.

— Pas bête. Merci, mon pote.

Le fantôme éclata de rire.

— Ils sont vraiment rigolos tous les deux.

Hors d'elle, Teagan se retourna vers sa compagne.

— Tout ça c'est votre faute! Je devrais... je ne sais pas... être avec des anges dans les nuages, et au lieu de ça je suis coincée dans un mauvais trip avec *vous*! Pourquoi vous me faites ça? Vous ne pouviez pas choisir quelqu'un d'autre?

Le fantôme la regarda droit dans les yeux.

— Bon, tu as enfin compris quelque chose: tout est ma faute.

## Entretien avec Teagan Phillips
## Un anniversaire très spécial en perspective
## Transcription 4 (suite)

Journaliste : Melissa Bradshaw, rédactrice en chef
*La Sentinelle de Rosewood*

MB : Revenons un peu en arrière et parlons des soirées d'anniversaire en général, et de celles des seize ans en particulier. À ton avis, pourquoi fêter ses seize ans est-il si important pour les filles d'aujourd'hui ?

TP : Eh bien, parce que ça fait un truc sur lequel fantasmer à mort. Bien sûr, tu peux organiser des super soirées pour ton anniversaire chaque année, mais les seize ans te donnent une excuse pour te lâcher. Tout le monde ne peut pas fêter sa bar-mitsvah, tu vois... Alors qu'est-ce qu'on est censées faire ? Attendre de se marier ? Ça pourrait prendre des années !

MB : Tu penses te marier un jour ?

TP : Évidemment, pourquoi cette question ?

MB : Ben, il y a des femmes qui choisissent de rester céli-
bataires, pour des raisons d'indépendance, par exemple...

TP : Oh! alors ça, c'est pas du tout mon genre! Je veux dire,
je veux travailler, mais en ce qui concerne l'amour, je suis
plutôt traditionnelle.

*(Rires.)*

TP : Qu'est-ce que j'ai dit de drôle ?

MB : Oh! non, rien. *(Elle tousse)*. Juste la gorge qui me
gratte.

TP : Donc, j'ai l'intention de trouver le grand amour et de
passer le reste de ma vie avec un homme qui me chou-
choutera, m'organisera des vacances de rêve et me véné-
rera éternellement.

MB : La vie s'annonce belle, pour toi.

TP : Évidemment.

# 14

— **A**rrêtez de faire ça ! cria Teagan en dégageant son bras de la main du fantôme quand elles se furent rematérialisées. Combien de fois il va falloir que je vous le dise ? Bon, on est où maintenant ? (Elle prit enfin le temps de regarder autour d'elle.) Ouah ! C'est magnifique ici.

Elle se tenait au milieu d'un gigantesque loft en plein New York. Des baies vitrées partant du plancher de bois blond montaient sur l'équivalent de deux étages jusqu'au plafond incrusté de feuilles d'or. Des sofas blancs somptueux, semés de coussins de toutes les couleurs, faisaient face à une cheminée encastrée dans un mur de briques nues. Sur les étagères asymétriques qui couraient le long des murs, des terres cuites modernes et des objets en verre soufflé étaient exposées comme dans un musée d'art contemporain. Teagan marcha d'un pas hésitant jusqu'aux fenêtres qui donnaient sur Central Park. En contrebas, des joggeurs traversaient un passage clouté devant lequel s'entassaient des files de taxis. Teagan avala sa salive. Elle avait toujours rêvé de vivre dans un endroit comme celui-là. Si elle avait eu son chéquier sur elle, elle l'aurait immédiatement dégainé pour faire une offre d'achat.

— Où sommes-nous? demanda-t-elle en se tournant vers le fantôme.

Elle sursauta en entendant une porte claquer.

— Vous savez parfaitement ce que je veux! cria une femme dont la voix résonna en écho sur les murs. Tout ce que vous avez à dire, maintenant, c'est: «Oui, Mademoiselle, je m'en occupe», pour que cette conversation soit officiellement terminée.

Le fantôme soupira et s'assit sur une banquette de cuir blanc tandis qu'une femme jaillissait dans la pièce, ses talons hauts cliquetant sur le parquet. Elle portait un pantalon corsaire blanc et un débardeur noir qui moulait son buste rachitique. Elle leva la tête, rejetant ses cheveux en arrière tout en hurlant. Au milieu de son front, une veine battait si fort qu'elle semblait sur le point d'exploser. Teagan la reconnut instantanément.

— Ça alors! Mais c'est vous! s'exclama-t-elle les yeux écarquillés. C'est chez vous, ici?

— Ouaip, dit le fantôme en posant ses mains sur le banc.

Elle semblait tendue. Comme si elle aurait préféré être n'importe où ailleurs – exactement ce que ressentait Teagan depuis le début de la soirée.

— Contre qui êtes-vous en train de crier? demanda Teagan en regardant autour d'elle.

— Oh! le type qui gère mon argent.

— Mais où est-il?

— Au téléphone, expliqua le fantôme. Vois-tu, dans le futur, tu n'auras besoin que d'une petite puce dans ton oreille. Il suffira de prononcer tout haut le nom de la personne que tu veux appeler et tu seras connectée automatiquement. Imagine la confusion dans la rue...

— Ouah! souffla Teagan tandis que la femme continuait de crier. (Passant comme un ouragan à côté d'elles, elle marcha vers le fond de l'appartement.) Alors vous êtes, euh..., richissime?

— J'étais, répondit le fantôme. Viens.

Elle se leva et Teagan la suivit dans une immense cuisine. Du matériel électroménager ultra-moderne brillait sous les rayons du soleil. Le carrelage blanc était immaculé. Au milieu d'une longue table en verre trônait une coupe de cristal remplie de fruits mûrs. L'estomac de Teagan se mit à gronder à leur vue.

— Hallucinant! Je devrais virer ce malade, dit la

femme en ouvrant violemment la porte du réfrigéra-teur.

Elle sortit un genre de barre nutritive dont elle déchira l'emballage. Elle la fourra dans sa bouche et dut la tordre un certain nombre de fois avant de pou-voir enfin en arracher un bout avec ses dents. Tandis qu'elle mastiquait... et mastiquait... et mastiquait encore, la femme alluma un ordinateur portable minuscule posé sur un plan de travail.

Le fantôme se plaça derrière son double et regarda par-dessus son épaule, imité aussitôt par Teagan. La femme était en train de parcourir son agenda. *Gym... épilation intégrale... cours Anistoga... massage... gym... Barneys avec Casey... gym.*

— En tout cas, vous faites beaucoup d'exercice, dit Teagan, impressionnée.

— Ouais. Ça craint un peu que je sois morte si jeune, plaisanta le fantôme en fronçant les sourcils. Tout ce travail pour rien...

— C'est quoi « cours Anistoga »? demanda Teagan.

— Tu connais Jennifer Aniston? Eh bien, elle a mis au point une espèce de méthode fusion yoga-pilates-aerobic et elle s'est fait des millions en vendant des DVD.

La femme se redressa et, avalant enfin sa première bouchée, elle articula :

— Docteur Jaber.

— Nous y voilà, dit le fantôme en poussant un long soupir.

Elle marcha vers la grande table, s'assit sur une des chaises à haut dossier et appuya son menton dans ses mains. Visiblement, elle attendait la suite.

— Rosanne? Il faut que je parle au docteur Jaber, dit la femme. Quoi? Oh! je vous en prie! Je sais parfaitement qu'il n'est pas en pause déjeuner, et vous aussi. Prévenez-le que c'est moi.

Teagan jeta un coup d'œil à sa mystérieuse compagne en fronçant ses sourcils d'un air interrogateur. Le fantôme se contenta de hausser les épaules et de lever les yeux au ciel.

— Docteur Jaber? Oui, c'est moi. Je veux programmer une autre intervention, dit la femme tout en se caressant le menton. Elle observait son reflet dans un miroir au mur. Non, je ne suis pas satisfaite du résultat.

Il y eut un moment de silence durant lequel Teagan put voir la femme rougir progressivement de la gorge jusqu'au front.

— Pour qui vous prenez-vous? C'est vous qui avez foiré. Vous ne pouvez pas me dire de ne pas… Je me fiche que vous pensiez que c'est dangereux! Je veux que ce soit fait, et je veux que ce soit fait la semaine prochaine!

La femme claqua si violemment ses deux mains

sur le comptoir que des couverts s'entrechoquèrent dans un tiroir.

— Écoutez-moi... Écoutez-moi! Hé! Je vous parle, là, cria-t-elle. Je vous paie, il me semble, non? Il y eut une pause. Bon, alors programmez-la!

La femme arracha une petite puce noire de son oreille, la porta à sa bouche et hurla: «Raccroche!», puis elle jeta la puce qui rebondit sur la vitre et roula sous un meuble.

Teagan souffla un grand coup et s'appuya contre un mur tandis que la femme attrapait sa barre nutritive et sortait en trombe de la cuisine.

— Ne le prenez pas mal, cher fantôme, mais, franchement, vous étiez assez tarée, dit-elle.

— Je ne vais pas dire le contraire.

Teagan haussa les épaules.

— Eh bien... Je suppose que vous allez encore me dire que ce qui se passe est aussi ma faute?

— C'est pas vrai! Tu n'as toujours pas compris? s'exclama le spectre en laissant retomber ses bras dans un geste dramatique.

— *Quoi?*

— Je me demande vraiment comment tu as réussi à arriver jusqu'au lycée, dit-elle. Elle s'avança sur sa chaise et regarda Teagan droit dans les yeux. Je suis toi, Teagan, et tu es moi.

Tout à coup, le petit air de ressemblance frappa Teagan, mais elle ricana.

— Allez... Ce n'est pas possible...

— Jusqu'à aujourd'hui, pensais-tu que tout ce qui t'est arrivé ce soir était possible? demanda le fantôme patiemment.

— Mais vous ne pouvez pas être moi! protesta Teagan en s'écartant du mur. La tête lui tournait tandis que son cœur s'affolait. Vous... vous ne me ressemblez absolument pas!

— Trois opérations du menton, une du nez et un paquet de liposuccions vous changent une femme, répondit le fantôme.

— Le nez?! demanda Teagan en se touchant le visage. Mais je l'aime bien, mon nez...

— Jusqu'à ce qu'un crétin, à la fac, te dise qu'il est «parfaitement triangulaire», expliqua le fantôme en s'adossant de nouveau. Tu ne réagis pas très bien à ce genre de remarque en général.

Teagan couvrit son nez de sa main, observant le fantôme en essayant de ne pas voir la ressemblance, mais à présent elle ne pouvait plus l'ignorer. Ces yeux étaient indéniablement les siens. Et elle avait la même minuscule tache de naissance sur l'oreille droite. Et le trou minuscule d'un piercing en haut de son oreille gauche, conséquence d'une pulsion malheureuse en quatrième.

Mais quand même, c'était énorme à digérer! Elle ne pouvait pas avoir passé toute la nuit à discuter avec *elle-même*! L'idée était trop flippante.

— Prouvez-le moi, dit Teagan, luttant pour rester calme.

Le fantôme se leva et attrapa un sac en cuir abandonné sur le plan de travail. Teagan se sentit mal en la voyant en sortir un portefeuille qu'elle ouvrit et lui plaça sous le nez. Elle baissa les yeux sur le permis de conduire délivré par l'État de New York. On y voyait la photo du fantôme, l'air énervé, et à côté le nom : Teagan Lauren Phillips, avec sa date de naissance Pas de doute, c'était bien elle. Teagan s'agrippa au bord du comptoir.

— Comment est-ce possible ?

Elle laissa tomber le portefeuille et se retourna, essayant désespérément de mettre bout à bout tout ce qu'elle avait vu et entendu durant cette soirée, mais rien ne semblait coïncider. Le simple fait d'y réfléchir lui donnait mal à la tête.

— Comment pouvez-vous être moi ? demanda-t-elle en faisant de nouveau face au fantôme. Je veux dire, vous êtes… *vieille.* Or c'est impossible que j'aie pu arriver jusqu'à cet âge puisque vous m'avez dit que j'étais morte.

Le fantôme fit une grimace d'excuse.

— Oui, bon, disons que c'était un petit mensonge.

Teagan sentit le sol s'ouvrir sous ses pieds. Sa vue se troubla un instant. Elle serra les poings et s'efforça de ne pas exploser.

— Quoi ? QUOI ? cria-t-elle sans même se donner

le temps de se sentir soulagée. «Un petit mensonge»!? Vous m'avez dit que j'étais morte! Comment peut-on faire ça à quelqu'un?

Le fantôme recula lentement.

— Eh bien, si tu réfléchis, tu es moi, donc je me suis menti à moi-même, ce qui n'est pas si grave... Écoute. Je devais le faire, sinon tu n'aurais rien pris au sérieux, expliqua le fantôme. Mais la bonne nouvelle c'est que tu es toujours vivante! Simplement, tu es dans une autre dimension de l'existence, et tu as la possibilité de changer tout ce que tu as vu ce soir.

Teagan s'appuya sur le comptoir et essaya de reprendre son souffle. *Je ne suis pas morte. Je ne suis pas morte*, n'arrêtait-elle pas de se répéter. *Je peux encore parler à mon père. Je peux encore régler leur compte à Lindsee et Max. Je peux encore faire tellement de choses...* En une seconde, elle se sentit légère, grisée.

— Je ne suis pas morte, déclara-t-elle tout haut en se redressant.

— Non... En tout cas, pas encore, dit le fantôme en lui prenant la main.


Teagan ouvrit les yeux et la première chose qu'elle vit fut un cadavre. Celui du fantôme, pour être exact. Avec le même pansement au menton, les mêmes vêtements...

— Oh, mon Dieu! s'écria-t-elle en reculant de quelques pas.

Le corps reposait dans un cercueil argenté dont la moitié supérieure était ouverte. Une applique au plafond brillait juste au-dessus de son visage, créant une sorte de halo sinistre et accentuant le creux de ses joues. Teagan jeta un coup d'œil au fantôme qui contemplait sa dépouille d'un air lugubre.

— C'est vous… toi, dit-elle, la bouche complètement sèche. Je veux dire c'est nous… Oh, mon Dieu! C'est *moi*!

— Ouaip.

— Comment fais-tu pour supporter? demanda Teagan dont le cœur s'affolait.

Mais pourquoi fallait-il que le fantôme l'amène précisément ici?

— C'est un peu bizarre, effectivement, dit le fantôme.

— C'est trop flippant, répondit Teagan en agrippant la courroie de son sac à main. Je me casse.

Elle se retourna, mais resta pétrifiée. Dans la pièce, faisant face au cercueil, des rangées de chaises vides étaient alignées. Au premier rang était assis son père, qui fixait le corps d'un regard trouble. Juste à côté de lui, Karen lui serrait la main entre les siennes. Enfin, à sa droite, une fille d'environ treize ans aux cheveux blonds bouclés arborait une expression de profond ennui.

— Oh, mon Dieu ! Papa ! dit Teagan le souffle coupé. Les larmes lui montèrent instantanément aux yeux. Elle fit volte face et se cogna contre le fantôme qui se tenait derrière elle. Pourquoi tu m'infliges cette scène ? Tu ne trouves pas que j'en ai déjà assez pris dans la figure comme ça ?

Le fantôme ne répondit pas. Son teint était devenu cireux et elle avait clairement du mal à contrôler ses propres émotions. Teagan, qui était pieds nus tandis que son « aînée » portait des talons, se retrouva pile au niveau de son pansement au menton. Elle ravala son dégoût et baissa les yeux sur le collier que portait le fantôme. Le cœur de Teagan bondit. Elle plissa les yeux. D'une chaîne en argent pendait un cristal rond taillé en un milliard de facettes minuscules qui attrapaient la lumière et renvoyaient des arcs-en-ciel scintillants dans toute la pièce.

— Où est-ce que tu l'as eu ? demanda Teagan, fascinée.

Elle avait déjà vu ce collier auparavant, elle le *connaissait*.

Le fantôme la regarda droit dans les yeux.

— Mon père me l'a offert pour mon seizième anniversaire.

Les paupières de Teagan battirent et elle ferma les yeux, s'effondrant sur une chaise derrière elle. Elle avait atteint le fond du fond. À tâtons, elle attrapa son sac et le tira sur ses genoux. Elle ne rouvrit les yeux qu'après avoir pressé le fermoir.

Elle était là. Nichée au milieu de sa brosse à cheveux, de son gel coiffant et de son string de rechange. Une petite boîte carrée enveloppée de papier rouge.

Tremblant comme un top model surcaféiné, Teagan arracha le papier et ouvrit le couvercle de l'écrin de velours bleu. Même si elle savait ce qu'elle allait trouver, il lui sembla quand même voir son enfance défiler devant ses yeux. Le petit cristal rond qui n'avait jamais quitté le cou de sa mère.

— J'ai toujours cru qu'elle avait été enterrée avec. Je pensais ne jamais le revoir.

Le fantôme plongea à son tour la main dans le sac de Teagan et en sortit la carte qui accompagnait le cadeau. Mais Teagan ne bougea pas, hypnotisée par le collier tandis que des souvenirs de sa mère affluaient dans son esprit.

— «Chère Teagan, lut le fantôme. Ta mère voulait que tu aies ce collier le jour de tes seize ans. Elle aurait été si fière de toi.»

Teagan sentit un rire naître au fond de sa gorge.

— Au moins c'est ce qu'il pensait ce matin, dit-elle.

Le fantôme de Teagan ricana aussi.

— Ouaip.

Teagan s'affaissa encore un peu sur son siège et contempla le cercueil. Elle n'arrivait décidément pas à se faire à cette situation plus que bizarre. Elle ne parvenait pas à croire qu'elle était en train de se regarder dans le futur – morte – et qu'elle était assise là à parler à son propre fantôme. Comment tout ça avait-il pu arriver ? Et pourquoi ? Teagan n'était même pas sûre de croire aux fantômes ni à une vie après la mort. Et la voilà qui se demandait si sa mère n'avait pas quelque chose à voir avec tout ça. Elle avait à peu près cinq millions de questions à poser au fantôme.

À quelle fac avait-elle fini par aller ?

Est-ce qu'elle s'était mariée ?

Est-ce que Max et Lindsee avaient crevé dans un terrible accident de voiture ?

Mais il n'y avait qu'une seule question qui lui brûlait vraiment la langue.

— Comment sommes-nous mortes ? demanda-t-elle doucement.

Fantôme Teagan désigna son menton.

— Accident cardiaque pendant notre troisième intervention de chirurgie esthétique au menton.

Teagan en resta bouche bée, horrifiée.

— L'opération que je t'ai vue programmer au téléphone ?

— Ouaip, dit le fantôme en hochant la tête.

— Mais le médecin t'avait prévenue que c'était dangereux ! Comment as-tu pu t'acharner à ce point ?

— Eh bien, en vieillissant, je suis devenue de plus

en plus obsédée par ma propre image, dit-elle en croisant les bras. J'ai passé les huit dernières années de ma vie à me faire refaire complètement.

— Mais tu devais bien avoir un boulot, des amis, une vie ? Non ?

— J'avais un boulot. Je travaillais chez Calvin Klein.

— C'est vrai ? couina Teagan.

— J'ai pas mal réussi, d'ailleurs. J'étais la plus jeune des cadres, jusqu'à l'année dernière où j'ai revendu mes actions et arrêté de travailler.

— Si jeune ? dit Teagan abasourdie. Mais pourquoi ?

— Toutes ces opérations, tous ces cours de gym, ces traitements et ces régimes me prenaient tout mon temps, répondit le fantôme avec un sourire ironique.

— Oh, mon Dieu ! dit Teagan effondrée. Tu es complètement tarée.

— Non, *tu* es complètement tarée, répliqua le fantôme. En tout cas, tu vas l'être si tu ne changes pas. Peu importait la partie de mon corps que je transformais, je n'étais jamais satisfaite. Tu sais pourquoi ? Parce que mon problème ne se trouvait pas à l'extérieur, mais à l'intérieur, continua-t-elle faisant face à Teagan. Est-ce que tu te rappelles la première question que je t'ai posée ce soir ?

Teagan ferma les yeux et se frotta le front. Elle était

si dépassée par ce qui se passait qu'elle avait l'impression qu'elle allait s'évanouir.

— Non.

— Je t'ai demandé si tu savais pourquoi tu étais tellement en colère. Alors ? Tu sais ?

Teagan avala sa salive.

— Heu...

— Je vais te le dire. Tu es furieuse contre ta mère. Tu es furieuse qu'elle t'ait abandonnée et qu'après sa mort tu n'aies plus jamais eu de vraie famille, dit le fantôme. (Teagan sentit son ventre se tordre.) Eh bien, regarde, continua-t-elle en montrant d'un geste son père, Karen et l'étrange petite fille. Ta famille, elle est devant toi. Mais si tu continues à les repousser, tu ne vas jamais réussir à te débarrasser de cette rage.

Teagan, tremblante, se força à tourner son regard vers son père et sa femme. Les années et le chagrin avaient creusé des rides sur le front de son père et autour de sa bouche. Ses cheveux grisonnaient au niveau des tempes. Ses épaules s'affaissaient sous le poids de sa peine. Quand il versa quelques larmes, Teagan détourna les yeux de peur que son cœur ne se brise.

— C'est qui, la fille ? dit-elle en examinant son profil ravissant.

— Notre sœur, répondit le fantôme.

Teagan ne savait pas si elle serait capable d'en encaisser beaucoup plus.

— Nous avons une sœur?

— Ouaip. Elle a treize ans, dit Teagan fantôme. Une chouette petite nana. Même si je ne m'en suis jamais vraiment préoccupée..., marmonna-t-elle.

Teagan l'entendit à peine. Elle se leva, remit l'écrin dans son sac à main qu'elle posa sur sa chaise. Maintenant qu'elle savait qui était la fille, pas question de l'ignorer. Elle se plaça juste devant elle et observa ses yeux bleus magnifiques et sa peau lisse. Elle avait les cheveux et le nez de Karen, et la bouche de son père. Par contre, avec son pull noir mal ajusté et son baggy, elle n'avait certainement pas hérité du même talent que Teagan.

— Je n'arrive pas à croire que j'ai une sœur, dit-elle.

— Bon, on y va? demanda l'adolescente. J'en ai marre, là.

Teagan se décomposa.

— Un peu de respect pour ta sœur, gronda Karen.

La fille croisa les bras.

— Elle me détestait, dit-elle. Elle était horrible avec moi.

— Ma chérie...

— Sans rire, m'man. Pourquoi tu crois que je me planquais dans ma chambre quand elle passait à la maison? Elle était flippante...

— Ouuuf! s'écria Teagan, indignée.

— Non, c'est vrai, dit le fantôme. J'étais un monstre avec elle. Avec tout le monde, en fait.

— Elle ne s'est jamais comportée comme une sœur, dit la fille tristement. Elle réagissait toujours comme si j'étais une sorte de malade mentale qui l'horripilait et...

— Tree[1]! Ça suffit! siffla Karen.

Teagan tressaillit.

— Tree? Ils l'ont appelée *Tree*?

— On est bien d'accord, dit le fantôme en levant les yeux au ciel.

— Je vous attends dans la voiture, dit Tree qui attrapa son sac et sortit.

Teagan la regarda partir, dévastée. Elles auraient dû être les meilleures amies du monde. Elle aurait dû l'emmener faire du shopping ou chez l'esthéticienne, l'inviter pour des soirées pyjama. Au lieu de ça la fille la haïssait de toute son âme.

— Ça craint, soupira Teagan.

— Tu m'étonnes, renchérit le fantôme en regardant son cadavre.

— Je suppose qu'on devrait y aller aussi, dit le père de Teagan en balayant la pièce déserte du regard. On dirait bien que personne ne va venir.

— Personne n'est venu? demanda Teagan d'un ton plaintif.

1. «Arbre» en anglais.

— Qui voulais-tu qu'il vienne? Ceux que tu avais écrasés et humiliés durant toutes ces années? demanda le fantôme.

— Ça ne me fait pas rire du tout! cria Teagan. Tu es morte! Nous sommes mortes! Et tout le monde nous déteste! On était tellement horribles, méchantes et tristes que personne n'est venu à notre enterrement!

Tout tremblant, son père se leva. Karen glissa son bras sous le sien.

Le désespoir submergea Teagan. Elle sentait au plus profond de son être qu'elle ne pouvait laisser son père quitter cette pièce, le laisser partir. Pourtant, elle ne pouvait absolument rien y faire. C'était fini. Il vivait et elle était morte. Ni l'un ni l'autre n'avait jamais exprimé ce qu'il ressentait.

— Papa! Non! cria Teagan les larmes aux yeux. Ne me laisse pas! J'ai besoin de toi! Je... Je t'aime, papa. Je ne veux pas être morte.

Il s'avança lentement avec Karen jusqu'au cercueil, se pencha en avant, ferma les yeux et embrassa le front froid de sa fille.

— Adieu, ma fille chérie, dit-il doucement.

Puis il se retourna, passa son bras autour des épaules de Karen et s'éloigna.

— Papa! gémit Teagan. Papa! Reviens!

Mais il était parti. Teagan s'effondra complètement. Elle s'écroula sur son propre cercueil et se mit à hurler, incontrôlable.

— Ce n'est pas possible, bafouilla-t-elle à travers ses larmes. Je ne peux pas finir comme ça. Je suis censée avoir un avenir, une vie! Je ne peux pas mourir comme ça, toute seule.

Elle sentit une main se poser sur son dos et leva les yeux. Le visage du fantôme était trempé de larmes. Elle tendit son sac à Teagan.

— Il faut qu'on y aille.

— Où ça?

— Il faut toucher le fond pour pouvoir remonter à la surface.

— Le fond? croassa Teagan. Et ça alors?

Le fantôme toucha l'épaule de Teagan, les yeux remplis de chagrin.

— Cette fois-ci, il faut que tu y ailles seule.

## Entretien avec Teagan Phillips
## Un anniversaire très spécial en perspective
## Transcription 4 (suite)

Journaliste : Melissa Bradshaw, rédactrice en chef
*La Sentinelle de Rosewood*

MB : Bon, on parlait de cadeaux. Il y en a un qui te ferait particulièrement plaisir ?

TP : Tu ne vas pas t'y mettre aussi ? Je veux dire, tu as certainement écouté l'enregistrement avec Rondé entretemps...

MB : Laisse-moi reformuler ma question. Quels *biens matériels* souhaiterais-tu rapporter chez toi après ta soirée ? Qu'y a-t-il sur ta liste de souhaits ?

TP : Oh là là ! Tu as quelques heures devant toi ?

MB *(rire)* : Que penses-tu d'un top cinq ?

TP : OK. Voyons. Je veux le nouveau sac Dior qui, paraît-il, n'est pas disponible avant l'automne mais que certaines amies de mon père ont pu déjà se procurer. Il me *faut* le nouveau pantalon en cuir de chez Joseph. *Trop* mignon. Je dois aussi changer tout mon équipement de ski pour l'hiver prochain.

MB : Excuse-moi de t'interrompre, mais je croyais que selon toi les vraies femmes ne faisaient pas de sport.

TP : Skier ne compte pas vraiment, n'est-ce pas ?

MB : Je suis certaine que l'équipe olympique soutiendrait le contraire.

TP : Oh ! C'est vrai. Un point pour toi.

MB : Je crois que tu as encore droit à deux cadeaux dans ton top cinq.

TP : Deux ? OK. Je veux un projecteur pour ma chambre, comme ça je pourrai regarder des films avec mes potes sans avoir à me taper les crétins qui passent devant l'écran. Et j'ai aussi besoin d'une salle de bains plus grande. J'ai à peine la place de m'y sécher les cheveux...

MB : Bon, au moins, tu ne demandes pas un hélicoptère...

TP : Oh ! Ce serait trop cool ! Je peux changer une réponse ?

# 15

Teagan se retrouva, seule et tremblante, au milieu d'une pièce très familière. Elle s'essuya les yeux et fit quelques pas hésitants. Elle connaissait le moindre recoin de cette salle à manger.

— Mon Dieu! dit-elle tout haut, c'est ma... maison.

La maison qu'elle et son père avaient quittée après la mort de sa mère. Elle chercha son fantôme des yeux, mais il avait disparu. Pourquoi ne l'avait-il pas accompagnée? Ne voulait-il pas voir ça? Teagan regarda lentement autour d'elle. Elle vit le buffet qu'elle savait rempli de la vaisselle en porcelaine de Chine achetée chez Tiffany's par sa grand-mère. La table et les chaises style rustique que ses parents avaient rapportées d'un voyage en Caroline du Nord. La tache sur le tapis à l'endroit où, petite, elle avait renversé du jus de raisin. Les épais rideaux verts derrière lesquels elle s'était cachée le jour de la fête surprise organisée pour les trente-cinq ans de son père. Elle pouvait même voir les traces de nez et de doigts sur les vitres, là où elle avait l'habitude de coller son visage et ses mains pour observer la rue et le guetter à son retour du travail.

La salle à manger était décorée pour une fête. Une nappe en papier rose et blanc recouvrait la table, et on avait disposé des assiettes Barbie devant chaque chaise. Il y avait des couverts en plastique assortis à la nappe, des gobelets, et des tas et des tas de confettis. Des serpentins partaient du plafonnier et s'étiraient jusqu'aux quatre coins de la pièce. Des ballons roses et blancs avaient été soigneusement accrochés à chaque chaise. À un bout de la table, deux assiettes étaient surmontées chacune d'une couronne dorée. Une pour Teagan. Une pour Emily.

— Maman ! Maman !

Le cœur de Teagan bondit quand elle se retourna. Dans le salon, une quinzaine d'enfants étaient assis au milieu de papiers cadeaux chiffonnés et de boîtes de jouets, sous des centaines de rubans et de ballons suspendus au plafond. La pièce grouillait aussi de parents, un verre ou un appareil photo à la main, regardant la scène avec une fierté amusée. Ça riait, piaillait, discutait sur un fond de musique enfantine.

Soudain, Teagan se vit, à six ans environ, traverser

la pièce en courant et en ressortir de l'autre côté. Un grand garçon brun qui devait avoir huit ans, le frère d'Emily, la suivait de près.

Le sang de Teagan battait si fort à ses tempes qu'elle craignit de devenir sourde. Ce ne pouvait être l'année à laquelle elle pensait... Ce n'était pas possible. Combien de fois depuis avait-elle rêvé de revivre ce moment?

Elle réussit enfin à bouger. Elle parcourut, pieds nus, le plancher de bois frais et doux de l'entrée. Instantanément lui revinrent en mémoire les interminables parties de glissades en chaussettes avec Emily, quand elles finissaient par se cogner dans la porte en riant sans pouvoir s'arrêter. Elle jeta un coup d'œil au portemanteau près de la fenêtre et vit la vieille veste de son père pendue à côté de l'imperméable blanc de sa mère. Son cœur battait de plus en plus vite à chaque pas. Il lui sembla mettre une éternité à atteindre la porte du salon. Mais quand elle y parvint enfin, le temps s'arrêta.

— M'man, chuchota-t-elle.

Sa mère était là. Juste devant elle. Assise dans un fauteuil, entourée de boucles de rubans qui se balançaient autour de ses épaules. Ses cheveux blonds étaient retenus en arrière en une queue de cheval basse, elle portait un pull vert clair avec des perles tout autour du col. Des rides se formaient aux coins de ses yeux verts tandis qu'elle souriait devant le spectacle du déballage des cadeaux. Son visage était plus mince que dans les souvenirs de Teagan, mais le plus troublant c'était sa ressemblance avec Teagan à seize ans. Les mêmes pommettes hautes. Le même front large. Le même menton pointu. Elle n'avait jamais réalisé qu'elle le tenait de sa mère.

— M'man ? dit Teagan, sa voix se brisant tandis qu'elle pénétrait dans la pièce. Sa mère ne réagit pas, mais cela n'arrêta pas Teagan. Mon Dieu ! elle s'était imaginé cette scène tant de fois. Ce qu'elle lui dirait si on lui donnait l'occasion de la revoir une dernière fois. Et maintenant, elle n'avait qu'une envie : se blottir sur ses genoux et la serrer dans ses bras. Pleurer toutes les larmes de son corps sur son épaule. Si seulement elle pouvait la toucher, juste une fois...

— Maman ! Regarde !

La petite Teagan sortit du cercle des enfants, un boa rose autour du cou. Elle passa en courant à côté de Teagan et sauta sur les genoux de sa mère. Celle-ci laissa échapper un «oups !» rieur et attrapa sa fille dans ses bras. Gary qui la suivait toujours se planta près du bras du fauteuil en silence. Tandis que sa mère étouffait sous ses baisers, la petite Teagan gloussait. Elle se sentit submergée par l'envie. C'était sa mère, ses câlins. La gamine sur ses genoux n'avait aucune idée de la chance qu'elle avait. Elle ne savait même pas que cette femme allait mourir.

— Lauren ?

Celle-ci leva les yeux et Teagan suivit son regard. Son père se tenait de l'autre côté de la pièce, à l'entrée de la cuisine. Il était tel qu'aujourd'hui, avec seulement quelques rides en moins autour des yeux. Tous deux échangèrent un regard entendu, et Lauren déposa sa fille sur le sol. Celle-ci portait un tee-shirt bleu clair avec des petites marguerites brodées autour du col et une jupe au motif assorti. Un choix typique de sa mère.

— Et si Emily et toi alliez vous faire prendre en photo avec Barbie? chuchota sa mère à l'oreille de Petite Teagan.

Teagan sentit un frisson lui parcourir le dos en sentant sa mère si proche.

— D'acc. Emily!

Emily version six ans, deux nattes, le visage couvert de taches de rousseur, bondit du sol où elle était occupée à essayer ses nouveaux crayons de couleur. Elle portait un tablier rose, une chemise rayée blanc et rose et des baskets roses. La petite Teagan lui tendit la main et, ensemble, elles traversèrent emballages et rubans jusqu'au stand où une adolescente déguisée en Barbie posait avec Jennifer Robbins devant ses parents. Bien sûr, Gary les suivit.

Teagan et Emily prirent ensuite la place de Jennifer. Teagan devait encore avoir la photo quelque part.

Teagan n'avait aucune idée de ce qu'elle faisait là.

Le fantôme lui avait seulement dit qu'il lui faudrait toucher le fond pour pouvoir remonter à la surface, mais ce retour en arrière était génial. Il lui était impossible de toucher sa mère ou de lui parler, mais au moins elle la voyait en chair et en os. Son vœu le plus cher se réalisait. La seule chose qu'elle désirait vraiment, bien plus que toutes les bêtises de sa liste d'anniversaire. En quoi cela pouvait-il être mauvais?

Sa mère se leva et traversa la pièce pour rejoindre son mari. Teagan suivit le couple tandis que son père passait son bras autour des épaules de sa femme en la serrant contre lui. Au moment où ils entraient dans la cuisine, il lui chuchota à l'oreille :

— Tu es sûre que tu t'en sens capable ?

— Parfaitement.

Ils étaient à présent tous trois dans la pièce. Deux parents et leur fille invisible. Assise à un bout de la table, effondrée et en larmes, se tenait Marcia Lupe, la nounou de Teagan.

— Je suis désolée, Madame, dit Marcia en déchiquetant un mouchoir en papier trempé. Tellement, tellement désolée. Je ne voulais pas vous blesser, ni vous ni M. Phillips.

La mère de Teagan soupira et s'assit en face d'elle. Elle posa sa main frêle sur celle de la nounou qu'elle essaya de regarder dans les yeux, mais Marcia gardait la tête obstinément baissée.

— Nous ne sommes pas fâchés, Marcia, dit

Lauren d'une voix apaisante. Je veux juste que vous me racontiez. Que s'est-il passé ? Pourquoi avez-vous pris l'argent ?

Teagan sursauta. L'argent ? Quel argent ?

— Je sais qu'il n'est là que pour un cas d'urgence, mais je pensais pouvoir le rembourser tout de suite, expliqua Marcia en reniflant.

— Que s'est-il passé, Marcia ? répéta patiemment la mère de Teagan.

— C'est l'école de Tomas. Ils ont repris une partie de sa bourse en raison de réductions de budget. Il fallait payer cinq cents dollars pour le reste du semestre, sinon il ne pouvait pas revenir l'année prochaine. La dernière année ! Il me manquait deux cents dollars...

Les parents de Teagan se regardèrent. Il y avait tellement d'empathie dans les yeux de sa mère que Teagan se sentit à nouveau submergée par l'émotion. Comment Marcia avait-elle pu *voler* ses parents ? D'un côté elle s'attendait à ce que ses parents fassent une scène terrible, de l'autre elle espérait que non. C'était Marcia. Elle avait *besoin* de Marcia.

— J'ai trouvé un autre travail pour vous rembourser, mais ma première paie ne tombera que dans deux semaines, dit Marcia, effondrée. Je suis tellement désolée. Je sais que vous allez devoir me renvoyer...

La mère de Teagan serra les mains de la nounou dans les siennes.

— Oh! Marcia, nous n'allons pas vous renvoyer, dit-elle.

— Comment? s'exclama Marcia, abasourdie.

— C'est simplement que je ne comprends pas pourquoi vous n'êtes pas venue nous parler plutôt que de prendre l'argent dans la boîte à cookies, dit Mme Phillips. Vous savez bien que je vous aurais donné une avance. Surtout si vous en aviez besoin pour Tomas. Moi aussi j'ai un enfant, vous savez, ajouta-t-elle avec un sourire.

Marcia lui rendit son sourire. Elle se leva et les deux femmes se serrèrent dans les bras l'une de l'autre.

— La prochaine fois, venez nous voir, d'accord? Je suis bien placée pour savoir que la vie peut soudain devenir difficile. Et Teagan vous adore, vous ne pouvez pas nous quitter. Surtout pas maintenant.

— Teagan a de la chance d'avoir une maman qui l'aime autant.

La mère de Teagan se mordit la lèvre. Elle luttait visiblement pour ne pas pleurer.

— Merci.

— Merci à vous deux. Je ne l'oublierai jamais.

Tandis que Marcia quittait la pièce, le père de Teagan prit sa femme dans ses bras, l'embrassa sur le front puis baissa les yeux vers elle. Son expression ne laissait aucun doute sur ses sentiments – amour dévoué et absolu. Lauren lui sourit en retour. À cet instant, la sonnette retentit.

— J'y vais, dit son mari.

Il l'embrassa encore une fois et sortit.

La mère de Teagan prit une profonde inspiration et fit quelques pas. Au moment où elle passait devant Teagan, elle vacilla et ses genoux semblèrent lâcher.

— Maman ! cria Teagan, pétrifiée.

Elle se précipita vers elle, mais sa mère se retint de tomber en s'appuyant vivement des deux mains contre le mur.

— Maman ? s'entendit dire Teagan dans un sanglot.

Lentement, sa mère tourna la tête. Elle se redressa et regarda droit vers Teagan. Elles faisaient la même taille. Teagan planta son regard dans les yeux verts de sa mère.

— Oh, mon Dieu ! maman, tu peux me voir...

Sa mère haussa les sourcils, puis, confuse, secoua la tête. Lissant son pull, elle fit demi-tour et repartit vers le salon. Teagan, vidée, s'adossa contre le mur et se laissa glisser jusqu'au sol, en larmes, abandonnant son sac sur le carrelage. La douleur était insoutenable.

— C'est bon, j'ai compris maintenant, sanglotat-elle en pressant ses paumes sur son front. Vous voulez me montrer que maman était une bonne personne qui ne virait pas les gens contrairement à moi qui ai fait renvoyer la tante d'Emily, c'est ça ?

Elle chercha sa mère du regard, malgré sa vision trouble. Elle eut un haut-le-cœur quand elle songea à ce que sa mère penserait de la façon dont elle s'était comportée ce soir. Catherine avait renversé de la sauce cocktail sur Teagan et s'était fait virer. Sa mère n'avait même pas renvoyé Marcia alors qu'elle l'avait *volée*.

*Elle aurait tellement honte de moi*, pensa Teagan en rougissant.

Elle reporta son attention sur la fête. Petite Teagan était en train de distribuer ses cadeaux à tous ses amis, les laissant ouvrir les boîtes et s'amuser avec ses nouveaux jouets. Teagan n'avait aucun souvenir d'avoir fait ça. Elle ne pouvait même pas imaginer laisser quelqu'un utiliser ses affaires. C'était vraiment elle, là ?

— Tiens, je vais te donner un ruban, dit Petite Teagan à Emily. Elle tira un ruban rayé de son déguisement et le noua au bout d'une des nattes d'Emily.

— Teagan ? Tu me la prêtes ? demanda Jennifer en brandissant la voiture rose de Barbie.

— Oui, répondit Petite Teagan avec un haussement d'épaules.

Elle attrapa un autre ruban et s'occupa de la seconde natte d'Emily.

Teagan regarda son père soulever sa fille dans ses

bras et la faire tourner. La fillette criait et riait, penchant la tête en arrière en essayant d'attraper le plus de rubans de ballons possible. Sa mère, qui s'était rassise, riait aussi.

— Et si on faisait notre numéro de danse ? demanda son père en la reposant sur le sol.

— Chouette ! s'exclama Petite Teagan, enthousiaste.

Son père alla jusqu'à la chaîne et programma une nouvelle chanson. Elle le vit monter le volume et la chanson de Stevie Wonder, *You Are the Sunshine of my Life* emplit la pièce. Le père de Teagan se retourna dans un mouvement théâtral et ondula vers sa fille dans une démarche groovie super ringarde. Petite Teagan applaudit en riant.

Le cœur de Teagan se serra quand elle repensa à la façon dont, à douze ans, elle avait repoussé son père et leur traditionnelle danse. Et il fallait voir comme il avait l'air de s'amuser. Il chantait avec Stevie – mal –, un grand sourire aux lèvres, tandis qu'il plaçait sa fille sur ses pieds et commençait à la faire danser autour de la pièce.

— Pas étonnant qu'il pense avoir échoué avec moi, chuchota Teagan pour elle-même. J'ai été tellement mauvaise avec lui ensuite.

Elle regarda Petite Teagan chanter, balancer ses cheveux, se délectant visiblement de chaque minute d'attention de son père. Elle le regardait comme s'il était une sorte de dieu. L'amour se lisait avec autant d'évidence sur le visage de son père. Limpide.

La chanson terminée, tout le monde applaudit. Teagan regarda son père faire pirouetter sa fille une dernière fois avant de la déposer sur les genoux de sa mère. Celle-ci saisit une longue pochette posée à côté d'elle sur la table et la tendit à Petite Teagan.

— Ça, c'est de ma part, dit-elle.

L'enfant ouvrit de grands yeux.

— Tu sais pourquoi tu reçois ce cadeau ? demanda sa mère.

— Paske j'ai six ans aujourd'hui !

— C'est vrai, dit sa mère. Mais aussi parce que tu es la petite fille la plus adorable, la plus généreuse, la plus gentille du monde. Et que je t'aime.

Teagan essuya une larme. Elle s'était juré de ne plus pleurer.

Petite Teagan déchira le papier et découvrit un étui de chez Gucci. À l'intérieur, une écharpe de soie aux motifs cachemire de toutes les couleurs.

— Ooooooh ! s'exclama-t-elle en la déployant et en la faisant glisser entre ses doigts. C'est tellement doux !

— Elle te plaît ? lui demanda sa mère en riant.

— Oh, oui ! répondit sa fille en hochant gravement la tête.

Elle n'avait pas compris que ce cadeau était trop sophistiqué pour elle, ni que sa mère le lui donnait maintenant parce qu'elle savait qu'elle n'aurait jamais l'occasion de le lui offrir quand elle serait en âge de l'apprécier vraiment. Ce ne fut que des années plus tard, l'écharpe cachée sous son oreiller, que Teagan avait compris le geste de sa mère. Elle avait essayé d'offrir à sa fille un cadeau d'anniversaire qu'elle pourrait garder toute sa vie.

Petite Teagan drapa l'écharpe autour de son cou et sa mère fit un nœud pour qu'elle tombe comme une cape. La fillette lui sourit, puis elle tendit la main et toucha le collier que portait sa mère.

— Je peux mettre ton collier magique? demanda-t-elle. *S'il te plaît!*

Sa mère toucha le pendentif sur sa poitrine.

— Je ne sais pas, répondit-elle en inclinant la tête. Seule une personne très spéciale peut contrôler le pouvoir magique de ce collier.

*Magique,* se souvint Teagan. *C'est vrai! Elle disait toujours que son cristal était magique.* Était-ce pour ça que son propre fantôme lui avait rendu visite ce soir? Parce que son père lui avait donné le collier? Pour la première fois de la nuit, Teagan aurait souhaité la présence du fantôme car, lui seul, pouvait peut-être répondre à cette question.

— Je suis une personne spéciale, affirma Petite Teagan.

— Mais… tu as raison! s'exclama sa mère en feignant la surprise.

— Quel genre de pouvoirs il a? demanda Emily en

s'appuyant sur le bras du fauteuil. Est-ce qu'il peut faire exploser des trucs ?

— Non ! Rien de tel ! dit la mère de Teagan en l'ôtant. Il permet de voir des choses que personne ne peut voir.

— Des choses invisibles ? demanda Petite Teagan, les yeux fixés sur le pendentif.

— En quelque sorte.

Petite Teagan et Emily se penchèrent pour observer le collier dans la paume de Mme Phillips. Elles étaient fascinées.

Sa mère passa le collier autour du cou minuscule de Petite Teagan. Il pendait par-dessus l'écharpe, presque jusqu'à son nombril. Elle prit le pendentif dans sa main et sourit. Sa mère passa doucement ses bras autour d'elle et la serra fort.

— Oh, ma chérie ! chuchota sa mère en essayant de retenir ses larmes. Ne change jamais. Promets-moi que tu ne changeras jamais.

Teagan ne pouvait en supporter davantage. Elle allait arracher cette gamine des bras de sa mère et prendre sa place, même si ça devait la tuer. À cet instant, le fantôme apparut devant elle, imperturbable.

— Non ! Ne fais pas ça ! protesta Teagan.

Mais le fantôme lui attrapa le bras et, dans un tourbillon d'air chaud, sa mère disparut.

— Ramène-moi! hurla Teagan en larmes. Je veux voir ma mère!

Mais elle était seule. Le fantôme s'était de nouveau volatilisé. Teagan reconnut immédiatement la chambre de ses parents. Le papier peint rayé bleu clair et blanc. Les rideaux blancs délicats. Le lit jaune pâle sur lequel le père de Teagan était en train d'ôter ses chaussures et ses chaussettes. Il portait les mêmes vêtements qu'à la fête. La seule lumière dans la pièce filtrait par la porte entrouverte de la salle de bains adjacente.

— C'était très réussi, tu ne trouves pas? demanda la mère de Teagan qui apparut dans la lumière.

Elle se mettait de la crème hydratante sur les mains et les avant-bras. Dans sa chemise de nuit légère, on voyait bien qu'elle n'avait plus que la peau sur les os. Teagan eut le souffle coupé en voyant sa mère si frêle. Le cancer gagnait du terrain.

— Tout le monde s'est bien amusé, approuva le père de Teagan. Viens t'asseoir, tu as l'air fatigué.

Sa femme lui sourit.

— Je suis fatiguée. Je suis toujours fatiguée.

Ses jambes tremblaient tandis qu'elle traversait la pièce et s'asseyait sur le lit. Les cernes noirs sous ses yeux étaient accentués par l'aspect translucide de sa peau. Teagan devinait le blanc de ses pommettes. Ou bien la journée avait complètement épuisé sa mère, ou bien elle s'était énormément maquillée pour l'événement. C'était à présent une autre personne.

— Tu l'as observée aujourd'hui ? demanda-t-elle. Elle a servi du gâteau à tout le monde avant t'entamer sa part.

— Elle est merveilleuse, approuva son père en lui prenant la main.

— Je suis si fière d'elle, dit-elle, les yeux remplis de larmes. C'est un amour. Elle inspira un grand coup et regarda son mari dans les yeux. Tu crois qu'elle va me détester après...

— Chut. Ne termine pas cette phrase, l'interrompit-il. Il se pencha vers elle et l'embrassa sur le front. Elle ne te détestera jamais. Je m'assurerai qu'elle sache exactement quelle femme incroyable est sa mère.

— Était.

Le visage du père de Teagan se tordit comme si son cœur se brisait.

— Il faut que tu t'habitues à employer le passé, Michael.

— Ne dis pas ça. Je ne veux pas que tu commences à penser comme ça.

La mère de Teagan inspira douloureusement.

— Michael, je...

Elle s'arrêta, et le peu de couleurs qui lui restait disparut. Les yeux exorbités, elle bondit sur ses pieds et courut vers la salle de bains.

— Lauren ?

Le haut-le-cœur fut violent. Teagan ferma les yeux et se tourna vers le mur, mais elle ne put faire taire son imagination. Elle pouvait voir sa mère pliée en deux, le corps secoué par les spasmes tandis qu'elle vomissait, agrippée au porte-serviettes. Elle l'avait vue tant de fois, enfant. Toutes ses frayeurs d'alors lui revinrent – la confusion, l'incertitude.

— Lauren ?

— N'entre pas !

Le père de Teagan s'immobilisa au milieu de la pièce. Il avait l'air d'un petit garçon pris en faute. Si petit et si effrayé.

— Pourquoi vous me montrez ça ? hurla Teagan dans le vide, les larmes perlant aux coins des yeux. Vous ne m'avez pas assez torturée comme ça ?

L'eau coulait dans la salle de bains et Teagan entendit sa mère se gargariser. Une minute plus tard, elle réapparut et fit un sourire contrit à son mari.

— Toutes ces années de régime... et aujourd'hui je donnerais n'importe quoi pour un vrai repas que je serais capable de garder.

L'estomac de Teagan se retourna. Son père s'approcha de sa femme et passa doucement ses doigts dans ses cheveux clairsemés.

— La chimio, ça craint.

— La chimio, ça craint, répéta sa femme.

Puis elle fit un grand sourire, comme si l'avoir dit

pouvait la faire se sentir mieux. Teagan n'arrivait pas à croire que ses parents puissent blaguer à un moment pareil.

*C'est ce qui leur a permis de tenir*, dit une petite voix dans sa tête.

— Allez, au lit, dit le père de Teagan à son épouse.

Il se pencha et la souleva dans ses bras comme il l'aurait fait avec un petit enfant. Teagan n'avait jamais vu son père faire un geste aussi intime et aussi tendre. Sa mère appuya sa tête contre son torse et passa ses bras autour de son cou. Il la déposa dans le lit, la borda et s'assit à ses pieds.

— Tu as besoin de quelque chose ? lui demanda-t-il.

— Non, il faut juste que je dorme, répondit-elle. Promets-moi que tu ne laisseras jamais Teagan devenir une obsédée du régime comme sa chère vieille maman.

— Lauren...

— Je veux qu'elle profite de la vie. Je veux qu'elle s'aime. Je veux qu'elle réalise chaque jour qu'elle est magnifique, ajouta sa femme en s'enfonçant sous les couvertures.

— C'est vrai qu'elle est magnifique, dit le père de Teagan. Comme toi. Je pense qu'elle aura une sacrée chance si elle te ressemble.

Les larmes brouillèrent la vue de Teagan. Elle voulait tant être comme sa mère, mais plus ça allait, plus elle se rendait compte qu'elle avait pris la direction opposée.

*Je suis tout ce qu'elle ne voulait pas que je sois*, réalisa-t-elle. *Je suis une énorme et horrible déception.*

— Sortez-moi d'ici, hurla Teagan vers le plafond. J'ai compris ! Je serai une personne meilleure, d'accord ? Je serai celle que maman voulait que je sois. Mais, s'il vous plaît, sortez-moi de là !

Le fantôme apparut enfin et posa sa main sur son bras.

## Entretien avec Teagan Phillips
## Un anniversaire très spécial en perspective
## Transcription 4 (suite)

Journaliste : Melissa Bradshaw, rédactrice en chef
*La Sentinelle de Rosewood*

MB : Eh bien, tu sembles plutôt sûre du succès de ta fête. Aucune appréhension ?

TP : Non, aucune. Je suis prête.

MB : Vraiment ? Tu n'as pas peur que le chef ne vienne pas, que les photos soient ratées ou bien que le maquilleur soit dans sa période clown ?

TP : Missy, Missy, Missy... Tout est prévu, écrit dans les moindres détails. Les contrats ont été signés devant notaire. Je n'ai versé que des avances... Je paierai le reste une fois que tout aura été accompli au bon moment et dans un ordre impeccable. Fais-moi confiance. Rien ne peut mal tourner.

# 16

Teagan essaya de calmer ses sanglots et ses tremble-
ments tandis qu'elle sentait son corps reprendre
forme. Elle était pétrifiée. Terrorisée d'ouvrir les yeux
et de se retrouver... où? À un autre enterrement?
Face à une autre personne dont elle avait ruiné la vie
sans s'en rendre compte? Ou bien à revivre d'autres
moments affreux du passé?

— Tu en as assez vu? demanda le fantôme.

Teagan entendit un roulement de tonnerre et souleva une paupière. Elle était revenue dans la cave du
country club. Au-dessus, la fête battait son plein.
Quelqu'un poussa une acclamation qui fut suivie
d'une clameur généralisée. Apparemment, les gens
s'amusaient.

— Désolée de ne pas avoir pu venir avec toi, petite,

mais je n'étais vraiment pas sûre de pouvoir le supporter.

— Maman doit être bien déçue, dit Teagan. (Elle avait tellement honte qu'elle pouvait à peine parler.) Où qu'elle soit, elle doit me regarder en fronçant les sourcils.

— Pas seulement toi, dit le fantôme. Nous.

Teagan avala sa salive. Hocha la tête. Souhaita trouver un endroit où elle pourrait se rouler en boule et disparaître.

— Mais tu peux changer tout ça, poursuivit le fantôme d'une voix ferme. Tu peux changer. On t'a donné une seconde chance.

Teagan sentit son cœur s'affoler un peu.

— C'est… c'est vrai, dit-elle lentement tandis qu'un grand frisson la parcourait. Je ne suis pas morte. J'ai toute la vie devant moi.

— Exactement! appuya le fantôme en écarquillant les yeux. Et tu dois la modifier! Tu vas devenir moi si tu ne bouges pas les choses maintenant! J'étais riche, ouais. Riche à en être puante et indécente. Mais ça n'avait aucune importance. Je m'ennuyais à mourir. Et j'étais très très seule. Tu te rends compte que personne ne m'a souhaité mon dernier anniversaire? Personne! Je me suis servie de tout le monde sans me soucier de personne, et le résultat: personne n'en avait rien à faire de moi non plus!

Teagan luttait contre la chair de poule tandis que le fantôme se mettait à faire les cent pas devant elle.

*C'est moi, ça*, pensa-t-elle en frissonnant. *Celle que je vais devenir.*

— Tu dois faire quelque chose, Teagan, fulminait le fantôme. Tu dois changer maintenant, avant qu'il ne soit trop tard. Tu dois commencer à apprécier les gens qui t'entourent. Ceux qui comptent – pas les crétins superficiels comme Max Modell. Qu'est-ce qu'on en a à faire de ce naze ? Qu'est-ce qu'il représentait pour toi ? Tout ce qui t'importait, c'était qu'on te voie avec lui. Tout ce qui comptait, c'était qu'il soit le mec le plus mignon de l'école. Si vraiment tu l'avais aimé ne serait-ce qu'un petit peu, tu aurais été ravagée de le voir avec Lindsee. Tu en aurais eu le cœur brisé. Au lieu de ça, quelle a été la première chose que tu as dite en les voyant ?

— Je… euh…

— Tu as déclaré que les fesses de Lindsee étaient plus grosses que les tiennes ! cria le fantôme. Est-ce que tu te rends compte que plus superficielle tu meurs ?

Teagan regardait ses pieds. Normalement, elle aurait été folle de rage d'entendre quelqu'un lui parler comme ça, mais là, elle se surprit à sourire. À glousser. Vraiment, c'était *ça* qu'elle avait dit ? Ridicule ! Elle pensa à Max et realisa que l'idée de ne plus être avec lui ne la dérangeait pas plus que ça.

Elle ne commençait à avoir des frissons qu'en pensant à lui et Lindsee. C'était la compétition qui lui importait, pas le mec.

— Il faut que tu construises de vraies relations, Teagan, poursuivit le fantôme en se plantant devant elle. Il faut que tu mettes un peu de profondeur dans ta vie, sinon celle-ci ne sera qu'un défilé de mode. Et laisse-moi te dire quelque chose sur les défilés de mode. Une fois qu'ils sont finis, quatre-vingt-dix-neuf pour cent des spectateurs oublient tout ce qu'ils ont vu.

Teagan avala sa salive avec difficulté en pensant à sa propre veillée funèbre. Tout le monde l'avait oubliée avant même qu'elle meure.

*Ma veillée funèbre. Désertée, triste, pathétique.* Teagan savait qu'elle n'oublierait jamais ce qu'elle avait entrevu de son avenir. Elle aurait des frissons chaque fois qu'elle y penserait.

— D'accord, dit Teagan en se redressant. J'ai compris.

— Vraiment ? demanda le fantôme d'une voix perçante.

— Oui ! Je te jure ! J'ai compris ! cria Teagan.

Elle saisit le diamant qui pendait à son cou et tira d'un coup sec, rompant la chaîne délicate. Elle jeta le cœur par terre et sortit le collier de sa mère de son sac. Après s'être battue quelques instants avec le fermoir, elle parvint à l'attacher autour de son cou. Au moment où le cristal toucha sa peau, elle se sentit calme. Confiante. Heureuse.

Teagan sourit au fantôme qui, lentement, lui rendit son sourire.

— J'ai compris, dit Teagan calmement.

Le fantôme hocha la tête.

— Tu sais, j'ai bien l'impression que je te crois.

— C'est pour ça que tu es venue ce soir? demanda Teagan en touchant le collier. C'est maman qui t'a envoyée?

— Je ne sais pas, répondit le fantôme de Teagan avec un sourire. J'espère.

Les deux Teagan se regardèrent dans les yeux. Soudain, Teagan se sentit dépassée par toutes les choses qu'elle avait à dire. Elle voulait remercier cette autre elle-même. Elle voulait s'excuser. Elle voulait lui dire qu'elle ne la laisserait pas tomber. Qu'elles n'allaient pas mourir avant d'avoir eu la chance de vivre pleinement. Plus maintenant. Tout allait changer.

Elle inspira un grand coup.

— Je...

— Je sais, interrompit le fantôme d'une voix tranquille. Après tout, je suis toi, non?

Teagan eut un grand sourire. Le fantôme agita la main. À cet instant, la porte de la cave s'ouvrit dans un flash de lumière éblouissant et un grondement de tonnerre assourdissant. Quand les yeux de Teagan se réhabituèrent à la pénombre, elle se rendit compte que le fantôme avait disparu. Comme ça.

— Teagan ! Tu es là ? cria son père.

— Papa !

Teagan laissa une seule larme glisser le long de sa joue tandis que son père dévalait les marches. Elle regarda vers le plafond et sourit. Elle ne s'était jamais sentie aussi légère de toute sa vie.

— Teagan ! Oh, mon Dieu ! Est-ce que ça va ? demanda son père.

Teagan se retourna et se jeta dans ses bras. Elle était vivante ! Elle pouvait serrer son père contre elle. Son père lui rendit son étreinte avec hésitation, visiblement surpris de l'élan de sa fille.

— Qu'est-ce qui t'est arrivé ?

— Je suis désolée, papa, dit Teagan. Désolée pour tout. Je ne veux plus te décevoir. Tu ne m'as pas trahie, ni maman ni personne.

— Quoi ? demanda son père, déconcerté.

Teagan recula et toucha le cristal sur sa poitrine. Son père vit le collier et sourit.

— Quand tu es arrivée tout à l'heure, je... je me suis demandé pourquoi tu ne le portais pas.

*C'est pour ça qu'il a eu l'air si déçu en me voyant,* comprit Teagan. *Je portais le cadeau pourri de Max au lieu du collier magique de maman.*

— Eh bien, je ne l'enlèverai plus jamais, lui annonça Teagan. Et à partir de maintenant, maman et toi allez être fiers de moi. Et Karen! Karen aussi! ajouta-t-elle avec un sourire. Plus de caprices, plus de séances de shopping sans ton autorisation, plus de cours manqués pour passer trois heures chez l'esthéticienne...

Les yeux de son père s'écarquillèrent.

— Tu as séché des cours pour...

— Aucune importance! C'est du passé! s'exclama-t-elle en le tirant par la main vers l'escalier. Viens! On est en train de rater la fête!

Elle monta les marches en courant, sautant celle qui était bancale, et émergea dans le hall lumineux avec la réelle impression de revenir du monde des morts. Tout lui semblait plus beau, plus brillant, plus vaste. Elle inspira un grand coup et pirouetta sur ses pieds nus, manquant de peu de percuter Mme Natsui. La gouvernante, complètement essoufflée, avait les bras chargés de sacs de chez le teinturier.

— Je suis tellement désolée, mademoiselle Teagan! Il y a eu un énorme accident sur Slippery Rock Road et ça a pris un temps fou d'arriver ici, expliqua-t-elle.

— Un accident? Il y a eu des blessés? demanda Teagan.

Mme Natsui cligna des yeux et regarda M. Phillips avec un air interrogateur. Teagan vit son père hausser les épaules, étonné.

— Je... je ne crois pas, mademoiselle Teagan. Grâce à la pluie, personne ne roulait très vite.

— Oh, tant mieux! dit Teagan. Je suis bien contente que vous n'ayez rien.

Cette fois, Mme Natsui semblait sur le point d'appeler une équipe de psychiatres.

— Et *vous*, mademoiselle Teagan, vous allez bien?

— Je vais bien, répondit Teagan avec un sourire. Super, même!

— D'accord, dit la gouvernante, visiblement peu convaincue. Je vous ai apporté vos robes.

— Je n'en ai plus besoin! Je ne vais pas manquer ma fête une seconde de plus.

Elle attrapa Mme Natsui par les épaules et la fit tourner, puis elle l'entraîna le long du couloir jusqu'à la suite nuptiale.

— Laissez tout là.

Mme Natsui regardait l'horrible tache sur la robe de Teagan.

— Vous êtes sûre que...

— Voyons, il faut que je porte cette robe. Vous avez une idée de son prix? dit Teagan. Allez, laissez-les.

Mme Natsui obéit, abandonnant son paquet sur le canapé à côté de la porte. Toutes les robes glissèrent sur les coussins de velours et atterrirent sur le sol, formant un tas de paillettes, de mousseline et de soie.

— Parfait. Et maintenant... avez-vous dîné? lui demanda Teagan en passant son bras autour de ses épaules. Allons vous trouver un peu de filet mignon. À moins que vous ne mangiez pas de viande?

— Oh! euh, si... mademoiselle Teagan.

— Appelez-moi Teagan. J'en ai ma claque de ce Mademoiselle. Vous m'avez vue en petite culotte, non?

— Oui, Mademoiselle. Je veux dire, Teagan, répondit-elle en souriant enfin.

— Ah ben, voilà!

Teagan se mit en route vers la salle de bal, la gouvernante hâtant le pas pour ne pas se laisser distancer par ses grandes enjambées. Elle jeta un œil vers son père – il était toujours au même endroit, pétrifié.

— Allez, papa, lui cria-t-elle. C'est l'heure de danser.

Teagan poussa les deux portes battantes et jaillit dans la salle. Quelques garçons de sa classe se couvrirent la bouche pour faire des commentaires à son sujet, mais elle ne pouvait s'empêcher de sourire. Ça faisait du bien d'être vue de nouveau, et peu lui importait d'être ridicule ou effrayante.

— Papa, attends-moi là! dit Teagan au bord de la piste.

— D'accord, répondit son père, toujours perplexe, en enfonçant ses mains dans ses poches.

Teagan arrêta une serveuse.

— Auriez-vous la gentillesse d'apporter un filet mignon à mon amie, là-bas? demanda-t-elle en désignant Mme Natsui qui, debout à côté d'une tablée d'adeptes d'Oscar de la Renta, se sentait un peu mal à l'aise dans sa tenue austère.

La serveuse sourit et hocha la tête.

— Bien sûr.

— Merci !

Teagan remarqua Maya et Ashley, toujours en noir, assises à une table déserte, trois chaises inoccupées entre elles. Maya tapotait la table du bout de sa fourchette tandis qu'Ashley enroulait une mèche de cheveux autour de son doigt en regardant au loin. Teagan leva les yeux au ciel et fonça vers elles.

— Oh, allez, les filles ! C'est une fête ! leur cria-t-elle.

Ashley tomba des nues quand elle aperçut Teagan. Maya se redressa.

— Teagan ! Qu'est-il arrivé à ta robe ?

— Oh, rien ! ne t'inquiète pas. Écoutez, dans la suite nuptiale, il y a quelques-unes de mes robes préférées, et elles sont toutes différentes. Pourquoi vous n'iriez pas y faire un tour ? Vous vous changez, et ensuite vous ramenez vos fesses par ici ! Cette soirée va enfin commencer !

Maya faillit tomber de sa chaise.

— Vraiment ? Tu nous prêtes tes fringues ?

— Ce ne sont que des fringues ! répondit Teagan.

Ashley regarda Maya, pensive.

— Eh bien, nous avons fait établir nos couleurs…

— Apparemment je suis printemps et Ashley automne, informa Maya.

— Super ! Vous voyez ? Je savais bien que j'avais embauché cet expert exorbitant pour quelque chose, dit Teagan. Je suis sûre que vous trouverez quelque chose dans vos goûts. Allez, filez.

Bien sûr, ses amies étaient assez malines pour ne pas trop lui laisser le temps de revenir sur sa proposition. Elles se levèrent en poussant des cris de joie et disparurent.

— Oh, hé ! les filles !

Maya et Ashley s'arrêtèrent et se retournèrent. Leurs yeux faillirent jaillir de leurs orbites quand Teagan les prit toutes deux dans ses bras.

— Merci beaucoup pour votre cadeau, il est top, dit Teagan. Vous êtes de vraies amies.

— Oh ! mais de rien, dit Maya, surprise.

— Ouais, c'est normal, ajouta Ashley avec un sourire.

Quand elles repartirent vers la suite nuptiale, Teagan inspira un bon coup et regarda vers Stephen qui maintenait son casque sur une oreille tout en tapotant sur le clavier de son ordinateur portable. Voilà qui risquait d'être intéressant.

En faisant le tour de la piste, Teagan sentit des dizaines de regards fixés sur son dos – et pas de la manière admirative à laquelle elle était habituée. Elle savait qu'ils étaient tous en train d'enregistrer sa robe ravagée, ses cheveux frisottés, ses pieds sales. Mais elle n'en avait rien à faire. Apparaître aussi échevelée en public était plutôt libérateur pour elle. Quelle importance, du moment qu'elle était là ?

— Hé ! Beckford ! cria Teagan en le rejoignant par-derrière.

Stephen se retourna, sursauta et s'esclaffa.

— Qu'est-ce qui t'est arrivé ?

— Un tas de choses, en fait, dit Teagan en plaçant une main sur sa hanche. Dis-moi, est-ce que tu as cette vieille chanson de Stevie Wonder, *You Are the Sunshine of my Life* ?

— Stevie ? Toi, tu veux écouter Stevie Wonder ?

— Est-il vraiment nécessaire que je refasse le point sur qui est le chef ici ? demanda Teagan d'un ton léger.

Stephen leva les yeux au ciel, mais sourit.

— C'est bon, c'est bon... Ouais, j'ai des vieux Stevie quelque part.

— Parfait. Je veux la dédicacer à mon père, d'accord ? dit-elle. Oh ! et je peux t'emprunter ton micro ? Je voudrais faire une annonce...

— Il est tout à toi, dit Stephen en le lui tendant.

Il baissa le volume de la musique et commença à pianoter sur son portable. L'activité sur la piste de danse ralentit et tout le monde se tourna vers le DJ.

— Salut, tout le monde, intervint Teagan. Puis-je avoir votre attention, s'il vous plaît ?

La salle fut parcourue de «chut!» tandis que les invités regardaient l'héroïne de la soirée.

— Je voulais juste vous remercier d'être venus à mon anniversaire, dit Teagan. J'espère que tout le monde passe un aussi bon moment que moi.

Il y eut une vague d'acclamations et d'applaudissements. Melissa Bradshaw prit quelques photos, imitée par M. Brioche.

— Je voudrais également remercier George Lowell et son équipe pour le dur travail accompli. J'apprécie vraiment vos sacrifices, ajouta-t-elle en pensant à la tenue de George et aux renvois. Merci encore.

Elle vit quelques serveuses échanger des regards impressionnés.

— Oh! et puis les serveuses et serveurs peuvent maintenant enlever ces lunettes de soleil ridicules...

Plusieurs d'entre eux rirent en se débarrassant de leurs paires à deux cents dollars. Teagan essaya de ne pas se crisper. Ce n'était que des objets, non? Aucune importance.

— Bien sûr, il y a une personne en particulier qui a permis que cette soirée soit possible, dit Teagan en cherchant son père des yeux sur la piste de danse. L'homme qui fait que tout est possible dans ma vie – mon père.

Un murmure approbateur parcourut la foule, qui s'écarta et se tourna vers M. Phillips. Celui-ci se retrouva debout, seul, à un coin de la piste, l'air penaud et heureux.

— Papa, merci pour tout ce que tu m'as donné. Je sais que nous aurions tous les deux souhaité que maman soit avec nous ce soir, mais, grâce à ce merveilleux cadeau, j'ai l'impression qu'elle est là, dit Teagan en touchant son cristal. Les yeux de son père se remplirent de larmes. Et maintenant, si vous n'y voyez aucun inconvénient...

— Tout est prêt, chuchota Stephen en lui faisant un signe du pouce.

— Papa, dit Teagan dont le cœur battait la chamade, cette chanson est pour toi.

La voix de Stevie Wonder emplit la salle et le visage de M. Phillips s'illumina.

*« You are the sunshine of my life ! That's why I'll always stay around... »*

Teagan redescendit les marches et rejoignit son père au milieu de la piste. Elle se mit sur la pointe des pieds et ouvrit les bras. Quelque part à l'intérieur d'elle-même se tapissait la peur d'être rejetée, la petite voix du doute qui ressemblait beaucoup à celle de ses douze ans. Elle prit une bonne inspiration et repoussa son appréhension.

- – M'accorderez-vous cette danse ? demanda-t-elle à son père.

— J'ai cru que tu ne me le demanderais jamais, répondit-il.

Il l'entraîna autour de la piste, la faisant virevolter dans un sens, puis dans l'autre. Elle se sentait réchauffée des pieds à la tête et sut que sa mère les regardait en souriant. Elle en était aussi certaine que du fait qu'elle se rappellerait ce moment jusqu'à la fin de sa vie.

— Qu'est-ce qui t'est arrivé dans cette cave? demanda son père, curieux.

— Je crois que je me suis assommée, et j'ai fait ce rêve complètement dingue…, répondit Teagan en sachant que la vérité l'inquiéterait. C'était le futur, et, pour faire bref, ma vie devenait plutôt craignos. Du coup, quand je me suis réveillée, j'ai décidé de la changer.

— Intéressant, comme rêve. Je n'aurais jamais pensé dire un jour une chose pareille, mais je suis assez content que ma fille se soit cogné la tête.

Teagan rit.

— Moi aussi.

— Bien sûr, ce serait peut-être une bonne idée de t'emmener à l'hôpital pour un petit check up…

— Ouaip, ce serait bien, mais plus tard. Pour l'instant, j'ai juste envie de danser.

— Tes désirs sont des ordres, dit son père, rayonnant.

Tandis qu'il la faisait tournoyer sur la piste, Teagan aperçut Karen qui souriait en les regardant. Elle ajusta la bretelle de sa robe de couturier et agrippa le tissu, se tortillant pour essayer d'en descendre la jupe. Elle semblait mal à l'aise dans cette tenue moulante – une robe qui n'était tellement pas son style... Teagan réalisa brusquement qu'elle ne l'avait certainement mise que pour elle. Son cœur se serra quand elle repensa à son horrible attitude envers Karen. Karen, qui était si manifestement amoureuse de son père et qui ferait un jour une mère fantastique.

— Tu sais, Karen est vraiment une femme merveilleuse, dit Teagan à son père.

Celui-ci sourit.

— Je sais.

— Elle est toujours adorable, alors que je suis infernale avec elle. Je suis tellement désolée.

Son père soupira.

— Mon chou, elle comprend. C'est dur pour une fille de voir une nouvelle femme dans la vie de son père.

— Papa, je ne suis plus un bébé, dit Teagan. Et je vais cesser de me comporter comme tel, mais toi, il ne faut plus me traiter comme si j'en étais un.

M. Phillips considéra sa fille d'un air respectueux.

— C'est d'accord.

— Je suis contente que tu l'aies rencontrée, dit Teagan, tandis qu'une petite boule se formait dans sa gorge. (Elle le pensait, mais il lui était encore difficile de ravaler sa fierté et de le dire. Il faudrait qu'elle s'habitue à cette sensation.) Et je sais que maman est heureuse pour toi aussi.

Les dernières notes de la chanson s'évanouirent. M. Phillips serra sa fille dans ses bras et la souleva du sol. Teagan lui rendit son étreinte en fermant les yeux.

— Je propose que nous applaudissions tous la reine du jour et son père, s'exclama Stephen.

— Merci, Teagan, lui glissa son père à l'oreille.

— Merci à *toi*, répondit-elle. Je t'aime, papa.

— Je t'aime aussi, ma chérie.

Son père la reposa sur le sol et lui retint les mains tandis qu'elle s'écartait de lui. Teagan ne pouvait cesser de sourire. Tout allait changer. Elle le sentait jusque dans ses os.

— Je dois y aller, lui dit-elle en lâchant ses mains. J'ai quelque chose à faire.

— Mais tu viens juste d'arriver, dit son père en criant par-dessus la musique que Stephen avait remise à plein volume.

Autour d'eux, les amis de Teagan revenaient occuper la piste. Du coin de l'œil, Teagan aperçut Maya qui portait la robe bleue Vivienne Tam et Ashley qui ondulait dans la Jean-Paul Gaultier à fleurs. Pour la première fois de la soirée, elles avaient toutes les deux l'air de s'amuser.

— Je sais, mais il faut que j'y aille.

— Teagan, je sais que nous venons de nous mettre

d'accord sur le fait qu'il ne fallait plus que je te traite comme un bébé, mais faut-il que je m'inquiète ?

Teagan rit.

— Maman voudrait que je le fasse, crois-moi.

Son père sourit.

— Dans ce cas, très bien. On se voit plus tard à la maison alors.

Honnêtement, Teagan ne pouvait se rappeler la dernière fois qu'elle avait entendu son père prononcer cette phrase. Elle avait hâte de le retrouver et se sentit en même temps soulagée.

— À plus tard, dit-elle.

En quittant la piste, elle attrapa Karen et l'étreignit. Karen fut tellement surprise qu'elle trébucha en arrière et faillit tomber en entraînant Teagan.

— Ouah ! En quel honneur ? demanda-t-elle en riant.

— Pour rendre mon père heureux, pour être venue ce soir et pour m'avoir préparé le petit déjeuner ce matin, dit Teagan. Merci. Vraiment. Pour tout.

Karen haussa les épaules et sourit, l'air aussi confus que les autres devant Teagan depuis qu'elle était revenue de son voyage psychédélique.

— De rien.

— Alors… Qu'est-ce qui se passe avec cette robe ? demanda Teagan en détaillant Karen.

— Oh, tu ne l'aimes pas ? fit Karen en posant les mains sur son ventre.

— Au contraire, elle est trop cool, dit Teagan. C'est juste que ce n'est pas toi du tout.

Karen rit.

— Ça, c'est sûr! Mais je me suis dit qu'elle serait de circonstance Soirée haute couture... Je ne voulais pas te faire honte

Teagan rougit et baissa les yeux.

— Tu n'as pas à t'habiller pour m'impressionner, dit-elle. Mon père aime ton style. Il t'aime tout court, d'ailleurs.

Karen eut un grand sourire.

— C'est très gentil de ta part de dire ça.

— Et puis, de toute façon, le genre «baba cool chic» ne se démode jamais – tant que la personne qui l'adopte n'est pas un poseur, ce que tu n'es certainement pas.

— OK, dit Karen en clignant de l'œil.

— Mais quand même, Karen... *Tree*? Tu es sûre? Pourquoi pas plutôt quelque chose comme Lily ou Rose? Histoire qu'on ne se moque pas trop d'elle à la récré... Penses-y.

Elle donna deux tapes sur l'épaule de Karen et partit, laissant la fiancée de son père encore plus abasourdie.

## Entretien avec Teagan Phillips
## Un anniversaire très spécial en perspective
## Transcription 4 (suite)

**Journaliste : Melissa Bradshaw, rédactrice en chef**
*La Sentinelle de Rosewood*

MB : OK, imaginons ceci : si tu ne pouvais pas organiser de fête pour ton anniversaire...

TP : Missy ! Qu'est-ce qui te prend ?

MB : Je suis sérieuse. Si la fête somptueuse, la robe parfaite et le DJ à croquer n'étaient pas envisageables...

TP : Puis-je faire remarquer que je n'ai jamais dit de Stephen Beckford qu'il était à croquer ?

MB : OK, c'est noté. Bon, donc, si tout cela n'était pas possible, qu'est-ce que tu ferais pour tes seize ans ?

TP : Je me tirerais une balle dans la tête ?

MB : Allez...

TP : Bon, d'accord. *(Soupir.)* Si je devais faire autre chose, je voudrais juste passer la soirée avec Lindsee et Max. Quoi qu'on fasse. Après tout, ce sont les personnes qui comptent le plus dans ma vie.

MB : Vraiment ?

TP : C'est si difficile à croire ?

MB : Oh non ! Ça doit être chouette d'aimer autant des gens.

TP *(pause)* : Eh bien, c'est comme ça. Je les aime tous les deux. Voilà.

# 17

Teagan se dirigeait vers la cabine du DJ quand un gloussement familier l'arrêta. Elle retint sa respiration en voyant Max et Lindsee, rouges et béats, sortir en titubant de l'arrière d'une estrade installée pour les mannequins. Ils s'écartèrent précipitamment l'un de l'autre dès qu'ils la virent.

— Teagan! s'exclama Lindsee avec un sourire forcé.

— Sale traître! répondit Teagan du même ton enjoué.

Lindsee pâlit. Teagan aurait juré que la musique avait baissé d'un ton. Elle aurait aussi juré que Stephen les observait. Pas de problème. Plus elle aurait de témoins, mieux ce serait. Lindsee et Max avaient essayé de la faire passer pour une imbécile. À présent, c'était son tour.

— Mais on ne faisait rien de mal ! protesta Lindsee, visiblement inconsciente du fait que son visage était barbouillé de maquillage.

Max pouvait embrasser comme un cochon, parfois. Voilà quelque chose qui ne manquerait pas à Teagan.

— Nous étions juste en train...

— ...de décider ce que Max me dirait quand il me jetterait ce soir ? demanda Teagan en haussant les sourcils vers son petit copain.

Max eut la décence de paraître un instant horrifié. Mais, bien vite, il retrouva son attitude de tombeur. Posture nonchalante, une main dans la poche, la tête légèrement penchée comme s'il s'excusait d'être canon.

— Allons, princesse. Tu sais que ce n'est pas ça.

Teagan fit un pas vers lui.

— Oh, mais si ! Laisse-moi te faire économiser les neurones dont tu pourrais avoir besoin pour inventer une excuse. Je ne coucherai jamais avec toi, monsieur Je-Mets-des-Caleçons-en-Soie.

La poignée de lycéens rassemblés autour d'eux éclata de rire. Max ouvrit et ferma la bouche plusieurs fois sans rien dire, comme un poisson dans son bocal.

— Lindsee, au fait, je sais que tu voulais quelque chose de brillant, donc si ça t'intéresse, sache que les diamants sont dans le cellier en bas. On m'a offert quelque chose de beaucoup mieux, dit Teagan en posant la main sur sa poitrine. Allez, à plus.

Teagan pirouetta en faisant voler ses cheveux et gravit les marches qui menaient à la cabine du DJ. Elle sourit intérieurement en pensant à l'escalier sombre et à la terrible marche piégée. Peut-être Lindsee était-elle bonne pour une petite rencontre avec l'au-delà...? Et sinon, au moins elle aurait une belle bosse sur la tête le lendemain.

Bon, OK, Teagan était censée tourner une page, mais une fille doit savoir se défendre.

— Tu les as bien remis en place, lui dit Stephen quand elle l'eut rejoint. Rappelle-moi de ne jamais te provoquer.

— En parlant de ça, j'ai une faveur à te demander.

— Tu as envie d'un petit Chaka Khan?

— Chat quoi?

— Non, rien, dit Stephen amusé.

Teagan eut la forte impression qu'il se moquait d'elle, mais elle ravala sa réplique et choisit de l'ignorer. Ne pas le rembarrer fut une véritable torture : cette histoire de devenir meilleure allait nécessiter pas mal de travail.

— Je me demandais si tu pourrais mettre mes cadeaux dans ta camionnette ...si la nourriture que tu as récupérée ne prend pas toute la place, dit-elle.

Stephen cligna des yeux.

— Comment tu sais ça ? lui demanda-t-il en se penchant vers elle.

Il sentait la sueur et le cuir. Teagan rougit.

— J'ai des yeux partout, mon pote, dit-elle très cool.

— C'est flippant. Mais, ouais, je pense avoir la place. Pourquoi ?

— Génial. J'ai besoin que tu m'aides à tout charger et ensuite que tu m'emmènes quelque part.

— Problème numéro un : tu ne m'as pas engagé pour que je te serve de chauffeur, dit Stephen. Problème numéro deux : je suis en train de faire le travail pour lequel tu me paies.

— Crois-moi, tu vas être très content de faire ce que je te demande. Et puis si tu t'inquiètes des droits et devoirs du DJ, pourquoi tu ne demandes pas à ton petit copain en cuisine de terminer la soirée ? Tu allais le lui proposer de toute façon.

À présent, Stephen avait vraiment l'air inquiet. Elle put voir sa pomme d'Adam monter et descendre quand il ravala sa salive.

— Tu as fait installer des caméras de sécurité ou quoi ?

— Stephen, Stephen, Stephen..., répondit Teagan en secouant la tête et en souriant d'un air malicieux. Tu me sous-estimes. Bon, débrouille-toi avec DJ Marmiton, moi, il faut que je trouve George.

— Il est juste là, dit Stephen en le montrant du doigt.

Effectivement, George passait devant la cabine et fonçait vers la cuisine.

— Hé ! George ! cria Teagan.

Celui-ci s'arrêta et, quand il l'eut repérée, se mit immédiatement au garde-à-vous.

— Retrouve-moi près des cadeaux dans cinq minutes, dit Teagan à Stephen en dévalant les marches.

— À vos ordres, Majesté.

Teagan s'immobilisa, ignora le frisson qui la parcourut.

— S'il te plaît, rectifia-t-elle. Rejoins-moi dans cinq minutes, s'il te plaît.

Stephen la dévisagea, impressionné.

— Peut-être que c'est vrai, finalement, que les seize ans marquent le passage à l'âge adulte.

Teagan leva les yeux au ciel et s'approcha de George Lowell.

— Mademoiselle Phillips ? dit celui-ci. Y a-t-il un problème ?

— En fait, oui, commença Teagan. C'est à propos de cette femme que vous avez renvoyée...

— Aaaaaah, ça fait du bien quand ça s'arrête.

Teagan laissa échapper un long soupir et s'abandonna sur sa chaise pliante. Elle commençait à se sentir de nouveau presque humaine. Ses pieds étaient à présent bien au chaud dans une paire de chaussettes de sport toutes neuves offerte par le foyer des sans-abri d'East Sheridan. Autour d'elle, dans le grand préau-cafétéria de la vieille école catholique qui servait de refuge, des familles étaient rassemblées autour de plusieurs tables et répartissaient la nourriture que Stephen et Teagan avaient apportée. Avec les hamburgers, les frites et les hors-d'œuvre de la soirée, tout le monde allait se coucher le ventre plein ce soir.

Au fond, dans un coin de la salle, Cora Martin – la directrice du centre – et quelques membres de son équipe s'extasiaient en ouvrant les cadeaux de Teagan. Des vêtements et des sacs de designers s'empilaient en plusieurs tas. Tous les objets électroniques – lecteurs MP3, lecteurs de DVD portables, montres et autres – étaient disposés sur une table. Une femme d'âge moyen à la queue de cheval frisée sortit une paire de Manolo Blahnik d'une boîte et la donna à une pré-ado en jean. La fille glissa ses pieds dans les luxueuses chaussures et traversa la salle en chancelant. Teagan imaginait les cris d'horreur de ses amies assistant à un tel sacrilège.

Stephen s'assit en face d'elle de l'autre côté de la table et sourit béatement en considérant son sandwich au poulet.

— Tu es vraiment sûre ? demanda-t-il à Teagan. Tu n'es pas obligée de *tout* donner...

— Est-ce que tu te rends compte que ces chaussures valent quatre cents dollars ? demanda Teagan en pointant la fille du menton.

Stephen siffla.

— Qu'est-ce que vous pouvez faire ici avec quatre cents dollars ? demanda Teagan.

— On nourrit une de ces familles pendant plus d'un mois.

Teagan jeta un coup d'œil par-dessus son épaule sur un père et ses deux jeunes enfants à la table d'à côté. Le petit garçon dessinait dans son ketchup avec une frite. La fillette sortait les cornichons de son sandwich et riait en les posant sur le hamburger de son père qui lui sourit et l'embrassa sur le front. Teagan en fut tout attendrie.

— Ouais, je n'en ai pas besoin, confirma Teagan en retournant son attention vers son assiette. Voilà ce dont j'ai besoin, par contre, ajouta-t-elle en prenant une énorme bouchée de son cheeseburger.

— Excusez-moi de vous déranger, dit Cora en les rejoignant. (C'était une petite femme solide aux cheveux gris en brosse. Son sourire révélait une dent et un cœur en or. Elle tenait dans sa main droite une liasse de chèques et un stylo.) Voilà les chèques qu'il faudrait que vous contresigniez. Si vous êtes toujours d'accord, bien sûr. Ça représente beaucoup d'argent. Beaucoup.

Teagan se redressa, fit glisser les chèques devant elle et commença à les remplir. Elle ne voulait même plus songer à l'argent ni aux vêtements. Pour une fois, elle souhaitait penser à quelque chose qui compte vraiment.

— J'avoue que nous n'avions jamais reçu un tel don, dit Cora. On va entendre parler de vous ici pendant des mois.

Teagan sourit. Ce matin encore, tout ce qu'elle désirait c'était qu'à Rosewood on parle de sa fête pendant des mois.

— Et voilà, dit-elle en tendant les chèques à Cora.

— Merci beaucoup, dit Cora. Si nous pouvons faire quoi que ce soit pour vous…

— Je n'oublierai pas…, dit Teagan avec un sourire.

Cora la serra fort dans ses bras.

— Vous êtes un ange, dit-elle en retournant travailler.

— Tu as entendu ? demanda Teagan le visage illuminé. Je suis un ange…

— OK, Phillips, crache. Qu'est-ce que c'est que ces grands gestes de princesse ? demanda Stephen en se penchant vers elle. Qu'est-ce qui t'est arrivé aujourd'hui ?

Teagan grogna.

— S'il te plaît, ne m'appelle surtout pas princesse.

Devant l'air interrogateur de Stephen, elle haussa les épaules.

— C'est une longue histoire !

— On ne m'attend nulle part, dit-il. Le super plan de la soirée est en quelque sorte tombé à l'eau.

Teagan éclata de rire et appuya ses avant-bras sur la table.

— D'accord. Disons que j'ai reçu une visite ce soir. Quelqu'un qui m'a fait comprendre que mon attitude actuelle ne me menait à rien de bon.

— Qui ça ? Un être venu du futur ? plaisanta Stephen.

— Non ! s'empressa de répondre Teagan. Rien à voir. C'était une tante... Une tante éloignée qui a déboulé à la soirée et m'a un peu remonté les bretelles.

Stephen sourit.

— Eh bien, j'aimerais bien la rencontrer un jour, dit-il en regardant Teagan dans les yeux. Ça m'a l'air d'être mon genre de fille.

Teagan eut soudain très chaud.

— Oui, peut-être, un jour...

Plus elle soutenait son regard, plus elle sentait sa peau brûler. Il ne détourna pas les yeux. Elle non plus. Mon Dieu, il était à croquer. Qu'est-ce que ça ferait de l'embrasser ? Et de se blottir dans ses bras ? Et de cacher son visage dans sa poitrine ? Était-elle en train de flirter avec Stephen Beckford le paria ?

*Mon Dieu, j'espère vraiment qu'il ne peut pas voir en*

*moi,* songea Teagan. Ce n'était pas le moment qu'il lise dans ses pensées.

— À quoi tu penses ? demanda Stephen avec un sourire amusé.

Ouf !

— À quoi *tu* penses, toi ? lui renvoya Teagan.

— Je t'ai demandé en premier.

— Et moi en second.

— Tu veux jouer à ça ?

— C'est toi qui as lancé le truc. Je n'ai fait que te suivre, souligna Teagan.

Stephen se fendit d'un sourire désarmant et se renfonça dans sa chaise.

— Tu craques complètement pour moi.

— Ah, ouais ? dit Teagan qui ne put s'empêcher de sourire largement. C'est ce qu'on va voir.

Du coin de l'œil, elle vit l'un des membres de l'équipe du foyer sortir un ravissant pull en cachemire rose pâle qui lui donna une idée. Une idée si bonne qu'elle fut choquée de ne pas l'avoir eue plus tôt – elle avait toujours été assez douée pour les bonnes idées.

— Je reviens tout de suite, dit-elle en se levant. Je crois voir quelque chose que je voudrais garder.

— Mesdames et messieurs, la grande consommatrice est de retour ! annonça Stephen en levant les bras.

Teagan éclata de rire.

— Oh, Stephen ! tu me connais bien mal !

# Entretien avec Teagan Phillips
## Un anniversaire très spécial en perspective
### Transcription 4 (suite)

**Journaliste :** Melissa Bradshaw, rédactrice en chef
*La Sentinelle de Rosewood*

**MB :** Alors, dis-nous tout. Qu'est-ce que ça fait de travailler avec Stephen Beckford ?

**TP** *(s'éclaircissant la gorge)* : Ça va.

**MB :** C'était le roi du campus avant. Ça doit être un peu dur pour lui de recevoir des ordres d'une élève de seconde.

**TP :** Eh bien, Missy, il suffit de savoir tenir le personnel.

**MB :** Et tu sais comment gérer Stephen Beckford...

**TP :** Oh ! j'en fais ce que je veux.

# 18

La vieille camionnette de Stephen s'immobilisa le long du trottoir dans une rue bordée d'arbres. Il pleuvait à verse et les gouttes tambourinaient si fort sur le toit que Teagan avait l'impression qu'il allait s'effondrer; elle pouvait à peine s'entendre penser.

Ou étaient-ce les battements de son cœur qui couvraient tous les autres bruits?

— C'est là? demanda Stephen.

Teagan ne s'était jamais sentie aussi nerveuse de toute sa vie. En se penchant en avant pour contempler l'allée familière qui menait à la porte d'entrée, elle agrippa le paquet-cadeau de ses mains moites et se prit à douter. Un peu plus tôt dans la soirée, elle avait été aux premières loges pour assister à ce qui se passait derrière cette porte. Voulait-elle vraiment entrer?

— Teagan?

— Ouais, c'est là, dit-elle en se renfonçant dans son siège. Ses jambes collaient au vinyle craquelé de la banquette et ses pieds transpiraient à l'intérieur de ses nouvelles baskets Christian Dior : Stephen avait insisté pour qu'elle les prenne.

— Tu y vas ? insista Stephen.

— Donne-moi une seconde, tu veux.

— Désolé...

Elle inspira un grand coup et prit son courage à deux mains. Elle savait que c'était la chose à faire, maintenant ou jamais, quand tout était encore frais dans son esprit, sinon elle perdrait sa motivation. Bizarrement, cette réflexion ne l'aidait absolument pas à sortir de la camionnette.

— Bon, eh bien, ç'a été une nuit très intéressante, dit enfin Stephen.

— Tu n'as pas idée... approuva Teagan qui gardait les yeux fixés sur la porte d'entrée.

— Si, tout de même, avec ce que j'ai vu..., dit-il en la dévisageant.

Teagan finit par le regarder et lut l'incertitude dans ses yeux bleus magnifiques. Elle aurait presque pu jurer qu'il était aussi nerveux qu'elle.

— Est-ce que je peux te dire quelque chose, que tu risques de trouver un peu étrange ?

Teagan se tourna légèrement sur son siège pour lui faire face, repliant les jambes sous elle.

— Crois-moi. À cet instant précis, rien ne peut m'étonner.

— Alors je me lance... Je voulais te dire que... je suis fier de toi, dit Stephen.

Le premier réflexe de Teagan fut de rire, mais elle se retint : cette déclaration lui faisait ressentir une sensation indéniablement agréable.

— Tu es fier de moi ? répéta-t-elle en souriant légèrement.

— Ouais. Je sais qu'on se connaît à peine, donc je n'ai pas le droit de te dire un truc pareil, mais ce que tu as fait ce soir... Son regard se perdit dans la nuit noire, de l'autre côté du pare-brise, et son front se plissa tandis qu'il choisissait ses mots avec soin. Je sais que ce que tu as fait ce soir était un énorme sacrifice. Quitter ta fête, donner tous tes cadeaux... Et tout ça après avoir rompu avec ton mec – ç'a dû être une soirée difficile.

— Ça, c'est sûr, mais Max n'y est pour rien.

— Ah, ouais ?

Teagan secoua la tête. Elle ne voulait pas qu'il croie qu'elle avait le cœur brisé, ni qu'elle cherchait à oublier une déception amoureuse...

— Pas le moins du monde.

— Eh bien, c'est une bonne chose, répondit Stephen avec un grand sourire. En tout cas, ce fut un honneur de participer à tout ça. Merci de m'avoir emmené.

Il se pencha vers Teagan et replaça une boucle de

cheveux derrière son oreille. Un contact qui la fit frissoner. Stephen la regarda – il la regarda vraiment – pour la première fois.

C'était le moment idéal pour un baiser. Teagan le savait et lui aussi. Mais soudain, grâce à lui, elle se sentit parfaitement capable d'attraper son paquet et d'aller sonner à cette porte. Il fallait qu'elle y aille. Maintenant. Même si cela impliquait de laisser filer sa seule chance avec Stephen.

— Eh bien, merci, dit-elle en s'arrachant à son regard. Je crois que je devrais y aller.

— Ouais… d'accord, fit Stephen qui clignait des yeux comme s'il sortait d'une transe.

— Merci. Pour m'avoir conduite et tout…, ajouta-t-elle.

Elle ouvrit la portière et fut d'un coup assaillie par l'air lourd et humide.

— Hé, dit Stephen. Je peux t'appeler un de ces quatre ?

Teagan sut alors qu'il y aurait une autre occasion pour un baiser. Peut-être même plusieurs. Elle fit passer ses cheveux frisés par-dessus son épaule et sourit.

— T'as intérêt.


Quelques secondes plus tard, Teagan et Emily se retrouvaient face à face pour la première fois depuis deux ans.

— Teagan ? dit Emily, les yeux écarquillés.

— Salut !

C'était à peu près le seul mot que Teagan put prononcer.

— Que se passe-t-il ? Tout va bien ? Entre !

Emily attrapa le bras de Teagan et la tira à l'intérieur. Derrière elle, Teagan entendit le van de Stephen démarrer et s'éloigner. Dans la petite entrée, quelques amis d'Emily, intrigués, s'étaient rassemblés. Teagan put voir leur expression de surprise.

— Tu es trempée, constata Emily.

— J'ai quelque chose pour toi, dit Teagan en tendant deux sacs.

Emily saisit d'abord le sac en plastique de supermarché, sans la moindre curiosité. Elle éclata de rire en voyant ce qu'il contenait.

— Des Pringles et du jus d'orange ! dit-elle avec un grand sourire. Tu t'en souviens !

— Hé ! reine de la soirée ! C'est qui...

Gary jaillit et s'immobilisa en voyant Teagan dont les vêtements gouttaient sur le plancher. Il croisa les bras sur sa poitrine et fit claquer sa langue, visiblement amusé.

— Eh bien, eh bien... regardez qui voilà ! Teagan Phillips en personne.

— Gary, arrête de faire l'imbécile et va chercher quelque chose pour qu'elle puisse se changer, dit Emily en levant les yeux au ciel.

— Tes désirs sont des ordres, ô ma reine, répondit Gary. Mais seulement aujourd'hui, ne l'oublie pas.

Il fit demi-tour et bondit dans l'escalier qui grinça sous son poids.

— Alors, qu'est-ce que tu fais là ? demanda Emily à Teagan en posant le sac. Tu n'es pas censée être à ta super fête ?

— Si, mais je suis partie, répondit Teagan. Je me suis rendu compte que ce n'est pas là que je voulais être... Que tous ces gens étaient... (Teagan fit une pause. Elle avait chaud et se sentait complètement minable. Pourquoi fallait-il que ce soit si difficile à dire ?) Nous devrions fêter nos anniversaires ensemble. C'est pour ça que je suis là.

— Ouah ! dit Emily, hochant la tête. Je crois que je n'ai jamais été aussi surprise de ma vie.

— J'ai l'impression de battre beaucoup de records ce soir.

À cet instant, la mère d'Emily revint de la cuisine, le visage déjà rouge écarlate.

— Qu'est-ce qui te prend de venir ici ? demanda-t-elle en se plantant face à Teagan.

Elle s'essuya vigoureusement les mains sur un torchon dont elle fit une boule comme si elle s'apprêtait à le jeter à la tête de Teagan.

— Maman ! s'exclama Emily.

— Madame Zeller, je...

— Tu as un sacré culot de pointer ton nez dans

cette maison après ce que tu as fait ce soir, Teagan Phillips, dit-elle. Je sais que tu as perdu ta mère, et j'en suis vraiment désolée, mais ça ne te donne pas le droit de te comporter comme une enfant gâtée toute ta vie.

Teagan avala sa salive avec difficulté et fixa la mère d'Emily. Elle s'était doutée que cette réaction risquait d'arriver.

— Je sais, dit-elle doucement.

À l'étage, on entendit une porte s'ouvrir et Catherine, la tante d'Emily, descendit lentement les escaliers, serrant son pull contre elle. Elle resta foudroyée en découvrant le personnage principal de son cauchemar en bas des marches. Gary la suivait, un jean et un sweat-shirt gris à la main, qu'il eut la présence d'esprit de cacher.

— J'espère pour tes parents que tu régleras tes problèmes avant qu'il ne soit trop tard, continua Mme Zeller, dont le teint retrouvait une couleur normale. Sinon, je n'ai pas trop de mal à imaginer comment tu finiras.

Tout le monde resta silencieux un long moment. Emily regardait Teagan, incertaine, se demandant si elle allait déguerpir ou bien sortir ses griffes. Teagan se contenta de prendre une grande inspiration et regarda la mère d'Emily.

— Je suis désolée, vous avez raison, finit-elle par

dire, le cœur à cent à l'heure. Tout ce que vous venez de dire est la pure vérité.

Dans le salon, les amis d'Emily s'agitèrent. Mme Zeller n'aurait pas été plus stupéfaite si on lui avait annoncé qu'elle venait de gagner un million au Loto.

Teagan se tourna vers Catherine qui serrait les dents.

— Je suis désolée pour ce que je vous ai fait tout à l'heure, dit-elle. J'ai dépassé les bornes et je voulais que vous sachiez que George Lowell devrait vous appeler. Bientôt. Ce soir, j'espère.

Le téléphone sonna et Catherine échangea un regard incrédule avec sa sœur. Elle dévala les dernières marches et toutes deux foncèrent jusqu'au téléphone de la cuisine.

— Eh bien, on dirait que cette soirée est en train de prendre une tournure intéressante, dit Emily.

Soulagée, Teagan sourit et baissa les yeux. C'est alors qu'elle se rendit compte qu'elle tenait toujours le cadeau de son amie.

— Oh! Tiens! Je sais que tu as déjà ouvert tous tes paquets, mais...

Emily prit le sac avec un air interrogateur.

— Comment sais-tu ça?

Teagan haussa les épaules et regarda Emily sortir le pull en cachemire rose du paquet.

— Ouah! dit-elle en caressant la laine moelleuse

du bout des doigts. Je n'avais jamais rien touché d'aussi doux.

— J'espère que le rose est toujours ta couleur.

— Carrément, dit Emily en serrant le pull contre sa poitrine. Teagan, j'adore. Mais tu n'aurais pas dû...

— Bien sûr que si, répondit Teagan, ravie.

Emily prit son amie dans ses bras – pluie, sauce cocktail et le reste.

— Je suis tellement heureuse que tu sois là.

Teagan ferma les yeux en sentant les larmes lui piquer les yeux.

— Moi aussi.

Des pas dans l'escalier lui firent lever les yeux et elle vit Ricky qui sautait de marche en marche, le visage tendu par la concentration. Gary s'écarta pour le laisser passer. Une fois en bas, Ricky leva les yeux vers Teagan avec curiosité.

— Salut, Ricky! dit Teagan.

— Comment tu connais mon nom? demanda-t-il.

— C'est vrai, ça. Comment tu connais son nom? renchérit Emily.

Teagan avait ouvert la bouche, le cerveau en ébullition pour trouver une réponse, quand Catherine et Mme Zeller réapparurent.

— Eh bien, c'était effectivement George Lowell, dit Catherine. (Était-ce une impression ou Catherine avait déjà repris un peu de couleurs?) Je suis promue! annonça-t-elle.

Teagan resta bouche bée.

— C'est pas vrai! s'écria Emily en se jetant au cou de sa tante. Félicitations!

— Ouiiiiii, maman! s'exclama Ricky en attrapant les jambes de sa mère.

— C'est hallucinant, dit Catherine. (Elle se baissa et prit Ricky dans ses bras.) Il veut que je passe lundi pour signer les papiers d'assurance et le contrat. Il m'offre une grosse augmentation et je serai payée pour une nuit de travail, ce soir! Catherine se tourna vers Teagan en serrant son fils contre elle. Mais qu'est-ce que tu lui as dit?

Teagan leva les mains.

— Ne me regardez pas comme ça! Je pensais juste qu'il vous rendrait votre travail.

Tout le monde rit et Mme Zeller passa son bras autour des épaules de Teagan.

— Tout est pour le mieux, dit-elle. Je suis désolée d'avoir crié tout à l'heure.

— À vrai dire, c'était plutôt agréable à entendre, cette autorité parentale, répondit Teagan tandis que Catherine commençait à expliquer les détails de son nouveau travail à ses neveux.

— Vraiment? s'étonna Mme Zeller.

— Ouais. Mais que ça ne se reproduise pas, plaisanta Teagan.

— Je n'arrive pas à croire que j'aie ce truc sur la tête, dit Teagan. (Elle tira sur l'élastique de sa couronne d'anniversaire et le relâcha.) Aïe ! cria-t-elle en se frottant le menton.

— Pas mal, dit Gary en lui donnant une tape sur l'épaule.

Emily rit et ajusta sa couronne.

— Pourquoi ? Tu te sens bête ?

— Non, non, pas du tout, dit Teagan. (En fait, elle se sentait plus à l'aise dans le sweat-shirt confortable de Gary et le jean d'Emily qu'elle ne l'avait été de toute la journée.) C'est juste que... ça faisait longtemps.

— Hé ! Pas tant que ça, protesta Emily.

Son petit copain, il s'appelait Adam, s'assit à côté d'Emily et brandit son appareil photo jetable.

— Cheese, Mesdemoiselles !

Emily passa son bras autour du cou de Teagan et l'attira près d'elle pour la photo. Elles firent toutes deux un grand sourire puis clignèrent des yeux, éblouies par le flash.

— Dis, Teagan, qu'est-ce que tu penses qu'ils sont en train de faire en ce moment, à ta soirée ? demanda Jennifer en s'appuyant des deux coudes sur la table.

Teagan regarda sa montre. Ils avaient sûrement coupé le gâteau. Max et Lindsee devaient être occupés dans un coin sombre. Les mannequins s'étaient probablement révoltées et devaient être en train de danser avec des minets de terminale. Il était tout à fait possible que le reste des jeunes, habitués aux soirées où l'alcool coule à flots, aient tenté une descente dans la cave à vins. Pendant ce temps, DJ Marmiton devait être aux platines mixant Dieu sait quoi tandis que tout le monde se demandait ce que Stephen Beckford était devenu. L'un dans l'autre, cela devait plus ou moins être en train de tourner au désastre.

— Tu sais quoi, Jennifer ? Je m'en fiche complètement...

Les lumières baissèrent et la mère d'Emily apparut avec un gâteau maison couvert de minuscules bougies. Elle entama le *Joyeux anniversaire* et tout le monde la suivit, y compris Emily qui chanta le nom de Teagan qui, elle, entonna celui d'Emily. Mme Zeller mitraillait tout le monde avec son appareil numérique.

— OK, les filles, faites un vœu, dit-elle en posant le gâteau devant elles.

Teagan fut touchée de voir qu'elle avait ajouté son prénom en dessous de celui de sa fille, écrit petit dans un angle pour qu'il tienne.

Teagan passa sa main sous la table et attrapa celle d'Emily. Emily la regarda, surprise. Teagan lui sourit en retour ; elles se tournèrent toutes deux vers le gâteau et fermèrent les yeux.

*Je souhaite un futur meilleur que l'horrible aperçu que j'ai eu ce soir,* songea Teagan. *Et comme ce sont mes seize ans, je pense avoir droit à un extra. Je souhaite donc en plus que Catherine ait une longue et heureuse vie et ne rechute plus. Oh ! et je voudrais aussi que papa et moi soyons plus proches et que lui et Karen soient heureux... et que Stephen Beckford m'appelle.*

Elle ouvrit les yeux et vit que tout le monde la regardait. Oups !

— Prête ? demanda Emily.

— Ouaip, répondit Teagan fermement.

— Un, deux, trois !

Elles soufflèrent ensemble et tout le monde applaudit. Pour la première fois de sa vie, Teagan était absolument sûre que les vœux pouvaient se réaliser. Après tout ce qu'elle avait vécu ce soir, il n'y avait plus de doute que la magie était réelle. Elle toucha le pendentif en cristal qui pendait à son cou et regarda vers le plafond, certaine que si sa mère intercédait pour elle, ses vœux se réaliseraient.

# J'ai seize ans et je suis schizo

## La soirée du siècle de Teagan Phillips : fabuleuse ou fabulée ?

Teagan Phillips affirmait qu'on parlerait de sa soirée haute couture pendant des années, et elle avait bien raison. Ce qui avait commencé comme une fête bizarre, tendue, digne des tabloïds (l'héroïne du jour est aspergée de sauce cocktail et pète un câble avant de disparaître ; son petit copain et sa soi-disant meilleure amie se draguent un peu trop sur la piste de danse), est devenu la méga teuf de la décennie. Et quand le dernier des délicieux gâteaux fut mangé et que les lumières furent enfin rallumées, Teagan elle-même n'avait assisté qu'à dix minutes de la fête qu'elle avait passé un an à préparer.

Après avoir disparu pendant environ une heure, probablement pour se changer, Teagan est réapparue toujours aussi sale et pieds nus, pour faire un discours plein de bons sentiments et danser sous les projecteurs avec son père avec lequel elle était brouillée. Ensuite, elle a mouché Max Modell et Lindsee Hunt suite à leur remarquable exhibition, avant de s'éclipser avec le DJ, Stephen Beckford, ancien élève de Rosewood, pour Dieu sait où.

Une fois ces deux sommités (est-il trop tôt pour parler de couple?) parties, la fête a vraiment commencé. Un inconnu plutôt mignon se présentant comme DJ Diggler prit en main les platines et balança du bon rythme pour les derniers fêtards. Les mannequins – embauchées par Teagan parce qu'elles étaient «séduisantes mais pas aussi grandes, ni aussi minces, ni aussi jolies [qu'elle]» – descendirent de leurs podiums et prirent possession de la piste, se frayant un chemin à coups de déhanchements. Menés par Jimmy Barton, les terminales réussirent à localiser et à ouvrir le frigo à champagne. Bientôt le Taittinger coulait comme il le devrait *toujours*. À une heure du matin, quand le directeur en tenue légère essaya de jeter tout le monde dehors, Maya Thurber et Ashley Harrison tendirent les cartes de crédit de leurs parents pour que la fête continue.

Au final, tout le monde s'est amusé, surtout celles qui sont reparties avec leur nouveau piercing au nombril. Votre humble serviteur n'en fait pas partie, mais j'ai été enchantée d'apprendre de la bouche d'experts qu'un carré blond m'irait très bien et que je suis, en fait, automne.

Cet ouvrage a été imprimé en France par

BUSSIÈRE

à Saint-Amand-Montrond (Cher)
en septembre 2010

Cet ouvrage a été composé par
PCA - 44400 REZÉ

 12, avenue d'Italie
75627 PARIS Cedex 13

— N° d'imp. 102458/1. —
Dépôt légal : février 2008.
Suite du premier tirage : septembre 2010.